うんこ日記

大倉瑠璃子

文芸社

カバーデザイン　株式会社ペン・ハウス
カバーイラスト　osare

私は祈りにパワーがあるとは信じていませんでした。
日々、介護に携わり疲弊しながらも闘っているあなたや、
未来を担うあなた達に祈りを込めて捧げます。

介護とは、「うんこ」と「おしっこ」との闘いだ。

二〇二三年一月末に自宅の玄関前で父は転倒した。

それまでは、ほぼ毎日のように父の散歩に付き添っていた私であったが、転倒する二、三日前から雪が降り、散歩をしていなかったせいなのか、父はあっけなく転んだ。

「おーい」と父が呼ぶ。玄関のドアを開けると、うつ伏せで倒れている。

ちょうど日曜日の朝で、カトリック教会から車で迎えに来ていた二人に「転んだ!」と言い、そこから救助が始まる。

「起こしてはダメ!」と一人が叫ぶ。もう一人が救急車を呼ぶ。

その間に私は付き添って救急車に乗って行くため、お薬手帳や簡単な入院の準備をした。

二〇一八年に亡くなった母の時も含め、もう何回救急車に同乗したかわからない。

三人の連携プレイは見事だった。

父はつまずいて、玄関先のブロックの角でおでこを打ち流血していた。

うつ伏せにしたまま救急車を待つ。

まだ一月だ。一一九番に電話した時に「起こさないでください。暖かくしてあげてください」と指示があった。ベンチコートを着て、背中には使い捨てカイロを貼っていたので毛布を被せるほどでもないだろう。

二十分もすると救急車が到着した。

三人の屈強な救急隊員がテキパキと処理していく。

幸い父は意識があり、救急隊員が首を固定して流血しているおでこに包帯を巻き、慎重に抱き起こした。

「ここは動かせますか？」「ここは？」と確認していく。しかし、どうも右手が動かないようだ。確認を終えストレッチャーで父を運ぶ。

私も救急車に同乗する。

受け入れ病院が見つかるまで救急車の中で処置をしながら、病歴などの問診が始まる。お薬手帳に記録しているので今回は戸惑うことがない。何にしても日頃の準備はいざという時に役立つものだが、失敗の経験もあってのことだ。

父は首の第二頸骨《けいこつ》と右手首を骨折していた。首の第二頸骨は大きな動脈が走っているので、手術はできない。転倒した時に即死でもおかしくはなかった。無理に抱き起こさなかったことがよかったのだろう。

救急搬送翌日、レントゲン写真を前に医師の顔は真剣だった。

姉と二人で医師から説明を受ける。「九十一歳とご高齢なので、場合によってはこのまま寝たきりになる可能性もあります」と言われた。

医師から説明を受けている間中、「おーい」「おーい」と叫んでいる病室の父の声は廊下にまで響いていた。

事故のショックからか意識が混濁し、父はずっと叫び続けていた。

父の病室に飛んで行って様子を確認したい、「大丈夫」と声をかけてあげたい衝動にかられるが、新型コロナウイルスの影響で病室まで行くことは許されなかった。

父は救急病院で四十五日間を過ごした。

首は手術ができない位置なのでカラーをつけられ、身体は拘束されて、そのほとんどを寝たきりで過ごした。

入院前から父は要介護1の初期の認知症であったが、今回の入院で痛み止めやら興奮を抑える薬やらを大量に身体の中に入れられて、せん妄症状も出ていた。

このまま認知症が進んだら、と思うと暗い気持ちになった。

お年寄りが転んで認知症が一気に加速するのはよくある話なのだ。

病院からは「動いてはいけないため拘束しますが、家族の承諾が必要です」とサインを求められる。こういう場合、サインするしか仕方がない。

首の第二頸骨は六分割くらいに粉砕骨折していて、若い人でも固定して自然治癒するのに一ヵ月は必要らしい。

父は転んだショックで自分の置かれている状況が理解できていない。

そのため起き上がってはいけないのに、歩こうとする。

医師からは「次に転倒したら、脆くなっている骨の保証はできません」と言われた。

コロナ禍で面会はできない。

着替えやタオル、紙オムツを届ける時、一階のエレベーターの前で看護師さんから短く様子を聞く。

「相変わらず叫んでいますか？」

「はい、目を離すとベッドから立ち上がって歩こうとします。昼間は拘束していませんが、夜間はベッドから落ちるといけないので拘束しないといけないのです」

病室はナースセンターのすぐ隣で、昼夜様子を見てくれているようだ。

父は家に帰ろうとして、夜間にベッドの横でうずくまっていたことがあり、拘束なしでは危険だという。

歩くことさえままならないのに、本能で家に帰ろうとしている。

看護師さんも手を焼くほど、言うことを聞いてくれないらしい。

拘束されているストレスからか、自分のうんこを床に投げつけたこともあったそうだ。

本人がお尻を触れない、上下がツナギになっているパジャマを用意してくれと言われる。


入院時に預けた携帯電話で、何度も何度も家に「監禁されている」と電話をかけてくる。

夜中だろうが、早朝だろうが、関係がない。認知症が進行しているのか、かけたことを忘れて電話を切った数分後に、またかかってくる。

「監禁されている」この妄想はずっと続いた。

救急車で搬送されて以降、見える風景は病室の中だけだから、自分がどこにいるのかわからなくても仕方はないし、面と向かって家族が説明する機会もない。

その上、普段は補聴器をつけているので、病院での電話のやり取りもよく聞こえないようだ。父は「今日退院する」と毎日同じことを言っていた。

夜勤の看護師さんから「大丈夫って、娘さんから言ってあげてください」と言われ、電話を代わることもあった。

薬のせいなのか、過度のストレスからなのか、意味不明なことを言い続ける父の呂律は回っていなかった。

騙し騙し「もうすぐ退院」と毎日言ってあげていたが、対面で説明することは許されなかった。家族を見れば安心できる場面でもコロナ禍ではそれすらできないのだった。やっとのことで父の顔を見ることができたのは四十五日後、リハビリ病院へ転院する救急車の中であった。

転院当日だけは病室へ入ることが許された。

ちょうど、お昼時で父の昼食が運ばれてきた。それを見て愕然とした。プラスチックのどんぶりに正体がわからない真っ赤なペースト状の流動食。毎日こんな物を食べていたのかと、かわいそうになった。

リハビリ病院は自宅からバスで三十分ほどの山の中だった。それまでは自転車で毎日読めるかどうかもわからない新聞やパジャマ、タオル、紙オムツなどを届けていたが、リハビリ病院では全部がレンタルなので、これからは一週間に一度通うようにしよう。病院が遠くになってホッとしている自分がいた。

その後二ヵ月余りをリハビリ病院で過ごし、父は痺れのような後遺症もなく歩けるまでに回復していた。

転倒して三ヵ月半に及ぶ入院生活を経て、今日は退院の日だ。

実に、一年の三分の一を病院で過ごしたことになる。

四十七キロあった父の体重は四十キロにまで減っていた。

二〇二三年 五月二十四日 水曜日

「ワシの心に響かない」

退院後、間を空けずにリハビリの半日デイサービスを体験見学させた。

やっと我が家に帰ってきて、のんびり過ごしたい気持ちもわからなくもないが、いったん、さぼりのリズムを覚えると腰が重くなりそうだったので、私は退院前からケアマネジャーと色々画策していた。

リハビリ病院でも運動はさせられていたはずだが、いかんせんコロナ禍で見学すらしていないので、どんな運動をしていたのか知る術もない。

「今日行ったリハビリ施設は子供騙しで、ワシの胸に訴えかけるものがない」と父は言った。「ワシの心に響かない」らしい。要するに嫌なだけなのかもしれないが、まともなことを言っている風には聞こえる。

「そんな感動する介護施設ってあるの？」とケアマネジャーと私は大笑いした。

五月二十五日　木曜日

立派すぎるうんこ。

父と、うんこ競争したら絶対に負けるね。

三ヵ月半も薬漬けだったせいか、父の目はうつろで反応が鈍い。

ようやくリハビリ病院での面会が許されたのは、退院二週間前だった。

かろうじて私の顔は覚えていたが、一緒に行った私の娘に「あんた誰？」と言っていた。

顔は生気がなく青白い。

身体はひと回り小さくなっていた。

家に戻ってからは、「もう、お粥《かゆ》は嫌だ」と言って、炊きたてのご飯を餓鬼のように頬張っていた。頭の方はまだまだ正常とは言い難いが胃腸の具合は良好で、紙パンツの中のうんこも立派なものだった。

首の骨が回復するまでの一ヵ月半は寝たままでの排泄だった。それが普通になっていたため、トイレに行っても「運よく」うんこは出ないのだ。

自宅のシャワートイレの使い方もすっかり忘れ去られていた。

五月三十日 火曜日

昨夜から雨が降り、今朝は曇り時々雨。

雨が降ると困るけれど、父の左腕を抱えて傘を差すのは危ないかもと傘を持たずに散歩に出た。いつものコース、近所のカトリック教会まで行って、お御堂でひと休みして帰ってくる。

お御堂に着くと勉強会なのか、十人くらいがミーティングルームにいた。

ちょうど終わったところらしく招き入れられ、コーヒーとクッキーをいただく。

前日、主治医から「人と喋るように」とアドバイスされていた父。

言われたことはとっくに忘れているとは思うが、リハビリのために父を喋らせようとする私だった。もともと甘いお菓子が好きな父であるが、糖尿病で退院前に食事指導されていたこともあり、退院後も家では菓子類を出していなかった。

久しぶりに甘いお菓子を食べた父の目には、クッキー以外のなにものも見えていない。

クッキーも食べたし、もう用はないとばかりに「帰る」と父はそそくさと部屋を出ようとした。

教会の門を出た途端、「出た」と父は言った。
「出た？　あぁ、うんこが出たのね」
教会に来ると、もよおすのか？
無口だったのは、うんこ具合が気になっていたからか。
大きな荷物を股間に抱えながら、ちょこちょこ歩く。
ゆっくり、ゆっくり歩く。
今日の成果はどうだ？　昨日は排便がなかったから、今日は二倍か？
うんこが外に漏れ出ないよう願いながら歩く。
家に着くと、そのまま風呂場へ直行だ。
紙パンツのサイドをビリビリと破く。今日こそ失敗はすまい。
小玉スイカをトイレに運び、捨てるつもりの菜箸でバラして水を流す。
一回目の小玉スイカは大きすぎて流れなかった。
昨日より今日、今日より明日。失敗から進歩している私。
私は段々とうんこのプロフェッショナルになっていく。

五月三十一日　水曜日

今日、父は体験デイサービスに行った。

このところ、二日に一度の排便で、今日はデイサービスでも出なかったようだ。

私はお休みをもらって好きなことができたけれど、父はうつろな目をして帰ってきた。

少しでも環境が変わるとボケが進むのか、口唇ジスキネジアがひどくなっていた。タンタンと舌打ちをする。

六月一日　木曜日

父が入院していた三ヵ月半の間、私の脳みそは、もっと建設的で知的な活動をしていた。

それが今や、父のうんこのことで頭がいっぱいだ。

午前中に教会まで散歩に行ったが、今日は神の思し召しがなく、便秘二日目に突入だ。

そして明日、私は仕事で出かけなければならない。

台風接近で体験デイサービスはキャンセルしたので日中、父は一人になる。

私がいない間にもよおして紙パンツを汚した場合、私が帰るまでうんこはずっと、そこにとどまってくれるだろうか？

気持ちが悪くて自分で紙パンツを交換したら、元来不器用な父は、そこら中をうんこまみれにするだろう。

うんこは出てほしいけれど、タイミングも考えてほしい。

あぁ情けない。

私の脳みそも、いつの間にか、うんこまみれだ。

六月二日 金曜日

今日は台風が来る。

姉からは「学校も休みになったのに出かけるの？」とＬＩＮＥが入る。

「地下鉄で行くから大丈夫」と返信してアポイントメント先に向かう。

我が家では冷蔵庫のドアにホワイトボードが貼ってあり、直近の記憶がない父に帰宅時間を書いて出かける。

午後一時頃に帰れるかもしれないが、三時と書いて家を出た。

サラリーマンだった父は今でも時間に厳格だ。

心配症というのもあるが、時間通りに帰ってこないと鬼のように電話が入る。

台風の雨は本降りで、父は家にいる方が安全だが私は違う。

父と離れられるのが嬉しいのだ。嵐もなんのそのだ。勢いよく降る雨も楽しいと感じるくらい、台風を体感できて嬉しい。

父を頭の中から追い出す。風と共に去ってくれ！

やはり、物理的な距離は介護者にとっては必須項目だと思う。

私は、ただいま無職である。

現在は父と二人暮らしの介護専従者だ。

娘が九歳の時に離婚し、三年後に起業した。

それから二十五年小さな会社を経営していたが、やっとのことで倒産した。

結婚も会社も始める時よりやめる時の方がエネルギーは三倍いる。

働きながらの介護は想像を絶する。

自営業であった私でさえ、仕事をこなしながらの時間のやりくりは叫びたくなるくらいだった。

コロナ禍で会社を立て直さなくてはいけない時期に、父の世話は集中力を欠く。

どちらも中途半端なのだ。

私は倒産を決断し、やっとのことで会社を整理することができた。

今日はその残務整理のため、弁護士に会いに来た。


アポが終わり帰路につく。

せっかく都心に来たのだから、ランチを楽しんで帰りたい。

けれど、電車が動かなくなってしまうと、家に置いてきた父のうんこ具合が気にかかる。

えいえいと、誘惑を振り払って優等生の私はまっすぐに帰った。

玄関のドアを開けると、ちょうど父がトイレに入ったところだった。

「うんこ出た?」と聞くと「出た」と言う。トイレに入り確認。

昨夜と今朝に、酸化マグネシウムを一錠ずつ増やして、起床後、一番にコップ一杯の冷たい水を飲ませていたのが良かったのか、立派なうんこだった。

だが、おまけも紙パンツについている。

グットタイミングで帰ってきたものだ。

あと五分でも遅かったら、作業はもっと増えていたに違いない。

自分の勘の良さを自画自賛しながら、本日のうんこ業務は完了した。

この達成感は志が低いような気がしないでもない。

一連の作業が終わり、やっとお昼ご飯を食べられる。

帰りにスーパーで買ってきたイカリングをご褒美で食べようっと。

コンビニスイーツでもなんでもいいから、好きなものを用意しておく。

うんことの闘いに臨む介護者には、鼻先の人参が必要ですな。

六月四日 日曜日

日曜日。

父を教会のミサに連れて行った。私は昔から教会が嫌いだった。小学生の頃はよく屋根に上ってエスケープをしていた。今も本当は付き添うのもイヤなのだ。

だが、退院後は足元がおぼつかない父を人任せにできなくなっていた。

午前九時からミサが始まる。

教会では立ったり座ったりが多く、九十一歳の父には大変だ。

ミサのクライマックスには聖体拝領といって直径三センチくらいの、味のついていない薄いせんべいのような「キリストのからだ」とされるホスチアを受け取り、口に運ぶ。

最後の晩餐でのパンと同じ意味のものがホスチアだ。

乾燥したコレは父の喉を塞ぎそうだ。

水筒を持ってくればよかったと後悔したが、なんとか父は飲み込んだ。

日頃、活躍しない唾液が出ていいのかもとぼんやり考える。

教会では最長老の父にみんなが話しかけてくれる。口数の少ない父のボケ防止にはちょうどいいと思う。若い頃の父はボーイスカウトの世話役や教会の役員をしていた。信者さんの中には仲の良かった我が父母のファンも多かったようだ。


昨日も排便はなかったが、教会で粗相することもなく帰路についた。

子供を育てた経験のある人ならわかると思うが、寝させようとすればするほど子供は寝ないのだ。老人も然りである。

薬を使う合法的な方法もあるが、ここは自然に任せよう。

寝るタイミングもその人によって違うのだ。

もう自分のうんこより人のうんこにフォーカスしている私である。
人の寝る時間まで気にしていては、こちらの身が持たない。

六月五日 月曜日

父の便秘は三日目。
しかし、認知症が進行しているのか、よく食べる。
今晩出なければ、強力な便秘の薬を使うしかあるまい。
バスタブでゆるんで出てしまうこともあるかもしれない。
今晩は父より先に風呂に入ろう。

六月六日 火曜日

私の人生の主人公は私だ。
主人公には艱難辛苦が襲うものだ。
父が退院してきた日に私は誓った。

「私の人生、誰にも邪魔させない」と。

誰かのせいで自分の人生が台無しになったとは思いたくもないし、そうならないよう創意工夫するつもりだ。


昨夜、阪神タイガースの試合は延長戦になって十一時まで放送していた。タイガースファンの父は終わるまで寝ない。電気を消すのも忘れるし、就寝を見届けないといつ転倒するかわからないから、私が先に休むことはできない。

引き分けの試合。

ルーズベルトゲームか？　という試合運びだったので、途中でやめられないのはわかる。観客は終電に間に合うのだろうかと心配に思う。


昨夜遅く寝たので、今朝の起床時間は遅いだろう。

父が起きてくるまでにゴミ出し、掃除、朝食の用意をして、自分のためのゴールデンタイムのために頑張る。

だがしかし、しかしなのだ。用事が終わってこれからゴールデンタイムという時に目を覚ますのだ。やれやれ。赤ん坊と同じで、起きないでくれと願う時に限って起きる。

便秘なので起きたてにコップ一杯の水を飲ませる。

白湯の方がいいのかなぁと思いつつ、腸よ、目覚めてくれ！　と神頼みする。出なくても困るのがうんこだ。

人のうんこ事情なぞ知らんと思うのが本音ではある。

しかし、うんこ管理課企画推進係の私としては業務に対して真摯に向き合っている。

さて、ぐずぐず言っても仕方ない。朝食を終え、ひと休みした父を散歩に連れ出す。いつものコース、教会まで行ってひと休みして帰ってくる。


少しパラパラと雨が降っている。

傘を差して、父の左腕を掴んで、連行状態で坂道を下りる。

最近は教会のお御堂で一曲、聖歌を歌ってもらっている。

発生練習だ。私も一緒に歌う。

私もいずれ衰えゆく身だ。ついでに色々な筋力を鍛えておきたい。

腹式で歌えない私は喉で歌って喉が痛い。

教会のお御堂はエコーがかかっていて、下手でもなんでも歌う楽しさを味わえる。

父も歌っている。

歌詞を読め！　歌え！　とS気質の私は父を鞭打つ。父は結構一生懸命歌っている。

朝は赤ん坊だったけれど、今は小学生くらいか？

いつものコースなら教会帰りの道すがら、小玉スイカを噴出する父である。

だが今日は臭わない。作戦は、まだまだ遂行中だ。


昼ご飯に麻婆丼を作った。

だが、空きの領域がない父は半分しか食べられなかった。

明日出なかったら、浣腸コースしか選択肢がないな。着地点を定めた私にはもう迷いはないが、自然に出るに越したことはない。


姉にＬＩＮＥをする。

「牛乳飲ませてみたら？」と言うので冷たい牛乳を飲ませる。

夕食はおじやと焼き芋にした。

「すき焼きが食べたい」とのたまう父に、「肉は消化が悪いから」とおじやとさつまいもを食べさせた。昼食も半分しか食べなかったし、夕食もおじやを、お茶碗の半分だけと食が進まないようだ。

姉は「食欲はあるの？　本人は苦しがっていない？」と心配していた。

私にはない発想なので、父を気遣う優しさに感心する。

出るものが出ないと入らないわね。

好きな焼き芋はパクパク食べているから本当のところはわからない。

私は翌日に控えているであろう浣腸の予習をした。

かつて、一度だけ浣腸をしたことがある。主治医から出された浣腸はロングノズルで、腸を傷つけるといけないので寝転んで挿入しないといけない。

五十度で湯煎した浣腸剤をお尻の穴から注入するが、我慢ができない父は溶液が全部入り切らないうちに、もよおしてくる。

注入後、しばらくは尻の穴を塞いでおかないといけないのだが、これがなかなか大変なのだ。

「親の浣腸をして、やっと一人前」と交際中の彼氏は言った。

浣腸も慣れるところまで回数を重ねるのは容易ではない。

介護者も素人なのだ。

説明書を念入りに読む。

ＹｏｕＴｕｂｅで動画を見て、注意点を確認しながら勉強できたらいいのになぁと思う。

実際そんな動画があったら見たくもないが、イラストかアニメなんかの詳しい動画ってないのだろうか？

ともあれ今晩、トイレで出ることを願う。たびたびトイレに行く父。

「出た？」と聞くと「まだ出ない」と言う。うんこが出た感覚もないらしいが便器を確認すると、『ドラゴンボール』に登場する筋斗雲《きんとうん》の形の、多分グラム数にしたら十五グラムくらいの塊が浮いていた。

「うんこ出ているよ。うんこの道ができたから大丈夫」と声をかけた。

今晩もタイガースの試合が終わって、九時に寝る用意をする。

阪神タイガースファンの父は野球と相撲は欠かさず見ている。

「牛乳飲む？」と聞くと「飲む」と言うのでホットミルクを飲ませる。

本日二回目の牛乳タイムである。

昨夜遅かったので今夜はさっさと寝てくれと思いつつ、就寝前のトイレに付き添うと、紙パンツの中に大きな塊が!!

出たか!!

野球観戦に夢中で紙パンツの中に漏れ出していても自覚がないのか、さっきのホットミルクが効いたのか定かではない。

父はトイレの中で仁王立ちしているだけだ。

私は紙パンツの側面を破る。足から脱がそうとすると、うんこが足に付くリスクがあるからだ。

父が退院する時、看護師さんが感心しているのを感心して見ていたものだ。

今晩は安心して眠れそうだ。

父はよほど内臓が丈夫なのだろう。

薬のせいで色は満点とは言えないが、その他は立派なうんこだった。

六月七日 水曜日

「夜中にもうんこが出てなぁ」

朝起きてきて父は言った。

開通したうんこ道は順調なようで、四日分を押し出しているらしい。

すっきりした目覚めのようだ。

掃除も洗濯も終えた時、福岡に住んでいる妹から電話がかかってきた。

四歳年下の妹はスイス人と結婚して、三十年間ずっとスイスに住んでいたが、やはり日本が恋しかったのだろう。

コロナ禍になる前の二〇一九年に、福岡県に引っ越してきた。

スイスには海がない。だが海が大好きな妹夫婦は海への憧れが強く、海岸沿いのマンションを終の棲家に決めたようだ。

スイスの方がいい老後が送れそうな気がするけどなぁ。

父の最近の様子やうんこ話をする。

「お姉ちゃんがいてくれてよかったわ」と妹は言う。

呑気なものだが、いちいち反応していてはこちらの精神衛生に良くないので軽く受け流す。


楽しくお喋りしていると階下から父が叫ぶ声。「おーい！　うんこ出た」

また出たの？

話の途中で妹とさよならして、階下に下りる。一刻を争うからねぇ。

風呂場まで連れて行き、お尻を洗う。今日はもう終了と願いたい。

うんこ処理班任務完了。

六月八日 木曜日

今日はデイサービスの無料体験の日だ。

遠足の日みたいに私は早朝に目覚めた。

五年前に亡くなった母は要介護2であったが頭はしっかりしていて、週三日のデイサービスでも友達と喋れるし、塗り絵なんかも楽しかったらしく進んで通っていた。母は特発性血小板減少性紫斑病や、帯状疱疹の発見が遅れたせいで左手が不自由にもなったが、もともとはオートクチュールの洋裁師で、手先が器用でセンスも良かった。

女性が群れるのは太古の昔からだけれど男性は違う。一匹狼が多いのだ。

父も同じだ。だからデイサービスは楽しくなくて、退屈するので行くのを嫌がる。新型コロナウイルス蔓延を幸いに、五、六回デイサービスに通って止めてしまってから随分日が経つ。

幼稚園デビューならぬデイサービスデビューも鮮やかにしてもらいたいものだ。

ケアマネジャーは「ご本人の気に入る所を探しましょう」と言ってくれる。

介護施設のカラーも色々で、今朝迎えに来てくれたスタッフは明るく元気な人で好感が持てた。期待で胸が膨らむ。

退院して、まだ三週間だが、私はすでに疲れている。

介護者の心身の健康は必須だ。

「この調子だとワシは百歳まで生きるかもしれんな」と父は言う。めでたいことではあるが、あと九年もある。

「勘弁してほしい」というのが本音だ。

介護は先の見えない世界だ。

命はいつ尽きるか誰にもわからないけれど、できれば私が鬼の介護者にならないうちに母の元に逝ってほしい。

「来年の桜は一緒に見られるのでしょうか」

父との残された時間を、四季を穏やかに過ごせたらと願う。

父がデイサービスに行ってくれたおかげで親友が遊びに来てくれた。

彼女も要介護3の母親の介護をしている。家族の世話もして、母親の世話もして、私より過酷な上、パートで働いていたりする。

開口一番「最近、もう死にたいなぁって思う」と、かなりお疲れだ。

親友は働いている上に、引きこもりの息子と旦那さんとお母さんの世話をしている。だから死にたいと思って当然だ。

自宅にいる息子とお母さんは何かと衝突している。

息子がキレて、お母さんを殺しやしないかと気が気でないらしい。

お母さんを施設に入れる相談をケアマネジャーとしているが、遅々として進まないらしい。酸素をつけているので医療系の施設でないと受け入れてくれないのだ。

元来、せっかちな私は弁護士に相談してみようと彼女に提案し、倒産でお世話になった弁護士に電話をかけてみる。

いつもお忙しい方なので、つかまるとは限らないが、とりあえずは行動だ。

運良く電話が繋がったが「管轄外で」と言われた。しかし、色々アドバイスをくれた上に、一時間後に「明日、相談できそうな人に会うので資料を送って」と連絡が入った。

こういう時はトントン拍子に話を進めてしまうのが鉄則だと、まだ消えずに残っているビジネスパーソンの血が騒ぐ。

依頼された書類は弁護士に送った。

やれやれ。

だが、もう父がデイサービスから帰ってくる時間になっていた。

六月九日 金曜日

定期的にデイサービスに行ってくれるかどうか。

嫌がる父に三箇所、体験してもらった。

昨日は明るい顔で帰ってきたので気に入ったのかと思ったら、「どこも行きたくない」と言う。

それはそうだろう。家では気ままに過ごせるし、サービスだってそんなに悪くはないのだから。

以前、姉が来た時に父に言ってくれた。

「サラリーマンだって週に一日、二日は休みがあるのだから、ルリちゃんだって休みが必要よ」と援護してくれたが、そこはもう物忘れを炸裂させて忘れている。

もう一度言う。

「私も休みが欲しい。多少自分が嫌なことであっても我慢して、週に一回くらいデイサービスに行って娘が喜ぶ顔を見たくないのかねぇ。今日は結論出さなくていいから明日の朝に返事をちょうだい」と保留にした。

営業の極意だ。結論を急ぎすぎてもダメなのだ。

翌朝、パンをかじりながら「ルリちゃんもワシがいたら気が休まらないだろうから、週一で行く」と言ってくれた。「ありがとう」と言うのは照れ臭いが、礼を言う。間髪を入れずにケアマネジャーに連絡する。父の気持ちが変わらないうちにさっさと進めてしまおう。「土曜日がいいです。第二希望は囲碁の相手がいる曜日」と、私の都合を優先する。土曜日なら友達と会える時間もできるというものだ。

父が誰かと喋るのが必要なように、私が誰かと喋るのも絶対必要だと思う。

介護は孤独な闘いなのだ。

六月十日 土曜日

父は便秘三日目で調子が良くない。

体験デイサービスに行って気を張って疲れたのかもしれないと思い、昼ご飯が終わって「少し昼寝したら?」と水を向けた。

素直に応じる父。

週一日でも父には負担かなぁと心配していたら、「疲れさせて、寝させる」と介護の極意をアルツハイマーの母を十年見守り続けた彼氏が語ってくれた。

なるほどね。

経験者の言葉は重い。

六月十一日 日曜日

雨が降っている。

私の体調は優れない。

父が入院していた三ヵ月半は最高に楽しい時間だった。人生で初めての長期休暇だった。自分のためだけに時間を使える幸せを満喫した。

人間が左右されるもの、それは毎日の目に映る風景だ。なるべくなら毎日、美しいもの、楽しいものを見て過ごしたい。

父は毎日風呂に入る。

入院前は介助なしで入れたが、退院後は私が付き添っている。

我が家のバスタブは深くて、それをまたげるのも凄いけれど、今は転ばないように介助している。まずお尻を洗って湯船に入れ、しばし、お湯に浸かっているのをそばで見守る。

筋肉のないお年寄りは湯船に沈んでも自力で体勢を変えられないから、溺れ死ぬ場合もあると医者から言われ、注意している。

風呂の栓を抜いたら助かるのでは？　とは思うが、咄嗟にそんなことはできそうにないな。それにシステムバスは浴槽にボタンとかがあるから、そこまで辿りつけるくらいなら溺れないか。

それから身体を洗い、シャンプーをする。父はただ座っているだけである。

そして再度、湯船に入り入浴タイムは終わる。風呂場から出る時は手を添え、転ばないように配慮する。

それにしても予洗いしてから湯船に入るのに、もろもろした白いものがたくさん浮いている。

衣を脱ぎ捨てて魂だけになる準備をしているのか、脱皮しているかのように角質が剥がれ落ちる。

それからが毎日、見ないといけない美しくない風景の幕開けなのだ。

バスタオルで顔から順番に頭、腕、腹、背中と拭いていく。

足を拭く時はひざまずいて奴隷の気分だ。その時、どうしても股間を見ないといけない。かしずいて、しわしわの干し柿のようなおちんちんを毎日見ることになる。

親のそれは見たくないのは誰しも同じだと思う。うんこを漏らした時も風呂場で皮だけになったお尻を洗うので、下手をすると一日二回以上、その風景が目の前に迫る。毎日見る風景は本当に大事なファクターなのだ。じわじわとボディーブローのように効いてきて、父のいない世界に行きたくなる。

まだ立って紙パンツを替えることができているのは幸いというべきなのだろう。もし寝たきりになったら、と想像するだけでも気が滅入ってくる。

認知症の母の世話をしていた彼氏も異性である母親のおっぱいや陰部を見るのは耐え難かったと言っていた。

入院経験者である親達は看護師さんにされるがままになって、羞恥心もなくなってしまうのか、こちらの気持ちなんぞには無頓着な様子だ。

介護も色々なパターンがある。

私のように実の娘が親を看る場合、義父母を看る場合もあるだろう。高齢の兄弟の介護をしなくてはいけない人や、配偶者の介護をしている人もいる。

最近は男の人でも家事に精通している人はいるが、ある日突然、介護をしなくてはいけなくなったとしたら。

普段家事をし慣れていない人であれば、介護は更にストレスになるだろう。

私は比較的家事をこなすのが早い方だ。

それでも、介護に時間を取られるので、家事も細切れになる。

赤ん坊を育てているのとは違う。その時は若かったのだ。

家事のスキルは絶対的に必要だと思う。

全部をアウトソーシングできる財力があるなら悩みはしない。

自分のこともままならない人がいたとしよう。不器用でもなんでも家事をこなさなくてはいけないのだ。家事に不慣れな人が自分以外の人間にご飯も食べさせて、洗濯もして、清潔に身の回りを整えなければ、いけないのだ。

家事がそんなに苦でない私でさえ、気楽に乗り越えられない。

それを昼間、あるいは夜に仕事をこなしながら認知症で話が通じない人の世話をするとしたら。

つらすぎる。

悲しすぎる。

しんどすぎる。

私の関心が介護にばかり向きがちなせいか最近、介護の話が耳に入ってくることが多くなった。

「職場のパティシエの人、お母さんの介護をしているから朝早く出勤して夕方早くに帰るけれど、一度も笑っているところを見たことがないのよ。優しそうな顔立ちの人だけど、介護で疲れているのかもしれないなぁ」と、ホテルで働いている娘は言う。

働くだけで精一杯なのに、その上、介護もしないといけないのであれば、クタクタになって笑うことを忘れてしまっても無理のない話だと思う。

デイサービスも夕方までしか利用できないから、お母さんが帰る時間には自宅に戻らなければいけないだろう。

デイサービスの費用のためにも働かなければいけない現実。

親の年金額が少ない上に持病があれば、自分が立ち止まることは許されない。

食卓にご飯が出てくるのは、それなりの手順を踏まなければいけない。

魔法のようには出てはこないのだ。

まず食材を買う、調理する、盛り付ける。コンビニ弁当ですら、「買う」という過程が必要なのだ。

食事をして食器を洗い、皿をしまう。

プラスチック容器であったとしても分別して捨てなければならない。

もし要介護者が自分で食べられない場合は、介助して食べさせなければならない。

幸い父はまだ自分で食べているが、床にはポロポロこぼしたご飯が落ちている。

家事は家族がいれば誰かがこなさなければならない仕事であるが、「介護」という文字がついただけで、やり場のない怒りに支配されてしまう。

六月十二日 月曜日

今日はスープを作ろう。

ナスとジャガイモとタマネギ、ベーコンのトマトスープだがトマト缶を使うと結構な量になる。

少量を作るのは難しい。

「少しもらってくれないかな？」と隣のおばさんにＬＩＮＥする。

まもなく、おばさんが空のお鍋を持って来てくれる。

お隣さんは娘夫婦と孫娘の四人暮らしだ。

年寄りの夕食は早い。

一人だけ生活のリズムが違うおばさんは宅配食を午後五時頃に食べて八時には就寝する。

娘夫婦は働いているから、いつも夕食は一人で済ませるようだ。

ある晩、トイレに起きたら娘が「お母さん、早く死んでくれないかな」と言っていたのを聞いてしまったそうだ。

つい本音が出てしまったのを非難する気持ちにはなれない。

いずれ私も娘から同じようなことを言われる日が来るだろう。

「私だって早く死にたいけど、なかなか死ねないのよ！」とおばさんは明るく笑う。

おばさんの娘さんは介護の仕事をしている。

お母さんの将来も考えてヘルパーの仕事をしていることは間違いない。

子供の複雑な思いもわかってほしい。


人生百年時代だが、二〇二五年問題もある。五人に一人が七十五歳以上、三人に一人が六十五歳以上になる時はすぐそこに迫っている。

労働人口である六十五歳以下の二人は目一杯働いた上に、介護までしなくてはいけない世の中になっていくのだ。ヘルパーさんの数だって足りなくなるだろう。八十歳になったら強制収容でもして、効率よくロボットのお世話にでもなるのが、後に続く若い人達へのプレゼントかもしれない。

老人の話し相手も十種類くらいから選べるAIロボット。その老人が望む最適な返答をしてくれるAI、そんなロボットの開発競争時代も来そうだ。なんとも世知辛い世の中になりそうな予感ではあるが若い人達に全部を担わせるわけにはいかない。

自分だけは歳を取らないと誰もが思っているけれど、明日は我が身なのだから他人事ではないのである。

六月十三日 火曜日

『みんなうんち』という絵本がある。

「いきものはたべるから、みんなうんちをするのだね、おとなもうんち、こどももうんち、おまるでうんち、おむつでうんち」と、かわいいイラストでページが進む。

動物も登場してきてサイのイラストには「うんちを　してもしらんかお」猫のイラストには「うんちをしたら　あとしまつ」みんな、うんちするのは自然なことだよと、うんちをする大切さを描いた絵本だ。

さしずめ父は「うんちを　してもしらんかお」のサイ並みか。

うんちの話はタブーっぽい。

「美少女はオナラなんかしない」に近い感覚に切り込んでいった当時話題のベストセラーの絵本だった。

「うんち」っていう発音はかわいい。

幼児向けかもしれない。

これが「うんこ」になると急に生々しく漫画っぽくなると感じるのは私だけであろうか？

うんちをするのは自然なことで、生きていれば当たり前のことだ。

動物である限り、この法則に変わりはない。

子供はこの類いの本が大好きで、その後に流行る「おしりたんてい」や「うんこドリル」なんかも興味をそそられるキャラクターだ。

赤ちゃんのうんちはかわいいけれど、大人のうんこはねぇ。

父が退院してきて我が家のゴミは重くなった。紙パンツの量が半端ないのだ。紙パンツについたうんこはなるべくトイレで流すが、全部取り切れるものでもない。どうしてもうんこがついたままの紙パンツをビニール袋に詰め込んで捨てることになる。週二回ある可燃ゴミ収集の日一回でも逃したら大変である。夏場などは放置すると小蠅が湧くのである。

私はいつもゴミ収集車に手を合わせたい気持ちになる。

ゴミ収集車の中は生ゴミに混じって、おしっこでパンパンになった紙パンツや取り切れなかったうんこがついたものまで、攪拌されて運ばれてゆく。

さて、父は杖をつきながら、今日もトイレに向かう。

退院してから家の中でも杖が必要になった。先が四点支えになっている杖だ。二階にいてもこの杖の音は聞こえてくる。「またトイレに行っているな」とわかる。父が亡くなったら、しばらくは幽霊の杖の音が聞こえてくるような気がする。

生まれてから九十年、便秘になったことがないであろう父は、一日でもうんこが出ないと気にかかるらしい。

頭の中はご飯と、うんこ、風呂、寝ること以外は詰まっていないようだ。

今日も無理やり散歩に連れて行くつもりだが、日々衰えていく父を見るのはつらい。

散歩に出る前に父の後ろに回り、うんこが出ていないか覗く。

小さな塊が二つ。

紙パッドを替えている間、便座に座らせると残りの「うんこ」が出たようだ。

凄い!!

いつもながら便器いっぱいの「うんこ」。

健康のバロメーターというが、私以上に腸内環境は良さそうだ。

スッキリしたところで散歩に出かける。歩きながら話しかける。

「うんこが出てスッキリしたよね。体重も二キロくらい減ったかもなぁ」と軽口を叩く。

うんこ製造機は正常稼働している。

私の気持ちもなぜか明るい。

毎日行く教会はカトリック幼稚園と保育園が併設されていて、今日も子供達が園庭で賑やかに遊んでいる。

もともと子供好きな父は眩しそうに子供達を眺める。

しつけの行き届いた幼稚園児達は「こんにちは」「さようなら」と手を振ってくれる。

私も癒される時間だ。

二歳児くらいのクラスの子供達八人が、数珠つなぎになって先生に連れられていた。先生は前と後ろについているが子供は八人いる。

汽車ぽっぽのように、長い紐に吊り輪を連結させた行列が行く。

吊り輪を握って歩いている姿は、なんともかわいらしい。

もし、お年寄りをいっぺんに八人移動させる、同じようなものがあったらと想像してみる。

それは、多分、無理そう、だなぁ。

子供達はヨチヨチだがお年寄りはヨタヨタだ。

何より子供達は先生の言いつけを守ってヨチヨチしながらでもしっかり歩いているが、もしこれがお年寄りの集団だったら。

まず文句を言いそうな奴がいる、足元がフラフラな奴もいる。

一人が転けたら全滅だ。無理！　無理！

お年寄り一人に一人のスタッフがついていないと危ないなぁ。

中途半端に動ける時期は、幼児より老人の方が危険はいっぱいなのかもしれない。

「お昼ご飯何が食べたい?」と聞くと「酒」と返ってくる。

入院前は二合の日本酒の晩酌が日課だった。糖尿病も高血圧もあり肺気腫もある。膵臓癌の疑いで全身麻酔をして手術もし、前立腺癌にも、脊柱管狭窄症にもなったが、その度に生還している。主治医には「あれもダメこれもダメと言ったら食べるものがなくなるので、気をつけながら好きなものを食べさせてください」と言われている。

入れ歯も嫌がって装着しないので更に食べられる物は限られてくる。

父の脳みそは「酒」の二文字は忘れないらしい。

「今度、お医者さんに行った時にお酒飲んでいいか聞いてみようね」と誤魔化す。お酒を飲んで暴れるなんてことはないが、それでなくても足元が心許ないのに酔って千鳥足にでもなれば危険度は二倍だ。

お酒を飲むのも体力がいる。肝臓だってフル回転させなければならないし、寝つきが悪くなって夜中に何回もトイレに行く。そうなるとリスクは四倍だ。

介護者にとっては避けて通りたい道である。

初期の認知症の父は何度も同じことを聞いてくる。聞く人がそばにいない場合は確認ができないから、更に混乱して認知症の速度が早くなるのだろうなと思う。

しかし私だって人間だ。調子の悪い時もある。特にやっとのことで用事を済ませ脱力状態の時に、階下から呼びつけられると、ついつい冷たい眼差しになってしまう。そんな自分にも嫌気がさしてしまう。

たくさん動く人の方が修行しなければいけないこの構図は割に合わない。

介護をすることで性格が歪んでゆく。
親友が「私の人生どこ？」と言ったので、二人で笑った。
介護してやっと終わった頃には、自分も婆さんになっている。
介護の隙間を縫って自分の人生も大事にしたいけれど、そんな体力も気力も介護は奪っていく。「逃げたもの勝ちかもね」。兄弟姉妹が関わりを避けて知らん顔していることを恨みに思ってしまう。

私の祖母は九十八歳と長生きだった。だが認知症にもなり、知らない家の植木を勝手に持ち帰ってきたこともある。徘徊もあった。最後の一年間は寝たきりになって、母が世話をして自宅で亡くなった。

床ずれで真っ赤になった祖母の背中を見て私は思った。

「何もできないのではない。こんな姿になってでも私に何かを教えようとしている。生きている意味はあるのだ」と。

喋ることもできず、時々「うぉー」と動物的に祖母は叫ぶ。私が来たことを知って話そうとしているのだろうが、その声は言葉にはならなかった。

凄まじいまでの祖母の姿は「生」のバイブレーションとなって、うねるように私に迫ってきた。それは執念にも似た「生」への執着であったかもしれない。だが祖母が命をかけて、最期まで生ききろうとしている人間の姿を見せてくれたのだと私は信じている。

その頃の私はシングルマザーになりたてで、自分のことで手一杯だった。

だから、祖母の介護を手伝った記憶がない。

昨今、親の介護がその孫にまで及ぶことはないと思うが、若い家族の手助けがあれば介護者の精神的、身体的負担は減るだろうと思う。

随分あとになって知ったが、姉は当時の母を手助けしていたようだった。私だけが父の介護をさせられている気持ちになっていたが、姉は仕事で忙しい私に代わって父母や祖母の面倒を見ていたのだ。

姉は「なぜ私だけ」なんて思ってもいなかっただろう。

私は母からの愚痴を聞いていないし、聞いてもあげなかった。

今から思うと昭和時代の介護はもっと情も責任感もあったのかもしれない。

ずっと読むのを避けてきた、有吉佐和子の『恍惚の人』を最近になってようやく読んでみた。

認知症になった舅がうんこを塗りたくったり、徘徊したり、家族を翻弄していく物語は当時、センセーショナルな作品として注目を浴びていたが、私はなぜかその作品を読むことを拒んでいた。

昭和を舞台に物語は進む。

専業主婦の主人公が認知症の舅に翻弄されながらも、デイサービスなどない時代に実に健気にお世話をするのだ。

昭和の家族構成を絵に描いたようなストーリーである。

昭和は家族の役割がはっきりしていた。

夫は無関心ながらも経済を支えている。子供は素直でお母さんを助けてくれている。令和の現代の方が問題は深刻かもしれない。家族はみんな働いて他の家族を支える時間がない上、金銭的にも余裕がない。だいたい、みんな一緒に住んでいなかったりもするのだ。子供は独立していて親とは一緒に住んでいない。今時、両親と同居して苦労するような嫁も少ないのだ。

介護のために実家に通うのも大変な時間と労力がいる。

また、ひとり親世帯も多く存在する。

デイサービスも無料ではないから、その費用のために更に働かないといけない。

紙パンツ代だってバカにならないから紙パンツのために働く。

これからの日本はどうなっちゃうのだろうね。

おひとり様も増えて誰が面倒見るの？

引きこもりの息子が認知症の母親を介護できるのか？

汚部屋に住んでいた独居老人の後始末は誰がするの？

それでなくても憂いに沈む私が、人のことを心配している場合ではないけれど、ひとり、ひとりが対策を講じてほしい。

おひとり様は手続きすらできない状況も踏まえて将来を考えてほしい。

引きこもりの君は、せめて家事のスキルは身につけてほしい。

インターネットがなかった昔だって、親は老いて手がかかっていた。

情報が身近になかったから知らなかっただけで、歴史は繰り返している。

だが、現代の方が条件は過酷だ。

自分の老後の心配だけでも精一杯なのに、親の老後も心配しないといけない令和という時代。


親の死に後悔しない者はないと、母が亡くなった時に友人に言われた。

「あの時こうしてあげればよかった。もっと優しくしてあげればよかった」と後悔の念に苛まれるのは誰しもが経験することだと語ってくれた。

私も後悔した。

けれど、もう取り戻せない時間だ。

母の変化に気づかずに病院に連れて行くのが遅くなり、母は亡くなってしまったからだ。あの日、母は熱があるからと早めにデイサービスから退所してきた。

退所してきた金曜日の時点でインフルエンザを疑って病院に連れて行けば、多分母は命を落とすことはなかっただろう。

インフルエンザの予防接種はしていたので、ただの風邪だと高をくくっていた。

まだ同居して一年目の私は、年寄りの扱いに慣れていなかった。

だから、月曜日に病院に連れて行けばいいだろうくらいに思っていた。

母が最後に食べたものは私が作った白粥だった。「食べたくない」という母だったが何とかそれを食べたので私は油断していた。土曜日の晩に母は背中が痛いから湿布を貼ってほしいと私に言ったが、いつもの母のわがままだと思って、私は面倒くさそうに、それを貼った。

その時点で、救急車を呼んでいれば、あるいは母は助かったのかもしれない。

今思えば呼吸困難で背中にまで痛みがあったのだろう。

日曜の朝には、唇が紫色になっていてベッドから起き上がることもできなくなっていた。

ただならぬ状況になってから、ようやく一一九番したのだ。

入院して三日で母は帰らぬ人となってしまった。

予防接種をしていない型のインフルエンザだった。

昔の人は我慢強い。

「病院に連れて行ってほしい」と母が言ってくれれば、私は金曜日の深夜でも救急病院に連れて行っただろう。

いや、私がもっとお年寄りを理解していたら、もっと違った結果になっていたかもしれない。

反省はしても後悔はしないがモットーの私が唯一、後悔している出来事だ。

クヨクヨしても過去は変えられないから後悔はしたくないのだが、こればかりは何年経っても母に対してすまない気持ちが強く、眠れなくなる夜もある。


家族との戻らない時間。

大事な宝物だ。

ユーモアを持って進みたい。

誰かに助けを求めてもいい。

愚痴を言ってもいい。

怒りに爆発してもいい。

誰しもがその時を精一杯生きているのだから、できない時があっても、できない自分を許すことだ。自分にも優しくなければ、本当の意味で人には優しくできない。

明日のことは誰にもわからないから、一日一日を大事にして生きてほしいと、心から願う。

六月十五日　木曜日

今日は年金の支給日だ。

父は厚生年金がほどほどにもらえるので、私は父に養ってもらっている。

他の姉妹は「養ってもらっているのだから介護するのは当たり前」くらいに思っているのだろう、と感じるのは、僻み根性の強い性質の次女だからだろうか。


十五日の銀行は賑わっている。

ＡＴＭの行列に今晩のおかずが豪華になるのかなと思いを馳せる。

銀行と買い物を済ませて家に帰ると、父から「お前がいないと寂しくてな」と言われる。


八十七歳で母が亡くなった時、父は泣かなかった。

危篤で姉や弟も駆けつけたが、そんなに深刻な状況だとは思っていなかった。

スイスにいる妹は「明日、飛行機に乗るからね」とＬＩＮＥのビデオ通話で母に話しかけることができた。

iPadに映る末娘の姿を、母はもう見ることはできなかったと思うが、声は聞こえていたのだろう。遠くにいる末娘が帰ってきたと、駆け寄ろうとしているかのように母は足をバタバタさせた。そして、その頬を撫でるように手を空に伸ばした。

みんなが帰った後、母は息を引き取った。

私と父と娘だけが最期を看取った。

娘は大声を上げて泣いた。

一番泣きたかったのは父だっただろう。自宅に連れ帰る準備を待つ間、父は「仕方ないじゃないか」と言って孫娘を慰めていた。


父は涙を見せなかった。

お葬式はカトリック教会で行われた。

ポツンとひとり椅子に座って遺影を見つめる、その小さい背中は亡き母との時間を振り返っているように見えた。

ダイヤモンド婚式を迎えて、結婚六十一年目に母は帰らぬ人になった。

青いドレスを着て、いたずらっぽく笑う母の遺影は、オードリー・ヘップバーンのように愛らしかった。

葬儀に来てくれた私の友人達の間で、しばらく「自分の遺影はどうするか」と話題になるくらい綺麗な写真だった。


母が亡くなってからの私と父との二人暮らしは、ぎこちないものだった。

私は幼い頃、反抗心が強く癇癪持ちだったので、よく父から殴られていた。

他の三人は要領の悪い私を見て、触らぬ神に祟りなし、を決め込んでいた。

反抗的な私の目は父を苛立たせていたのだろう。カッとなって殴ってしまった後、「かわいそうなことをした」と反省していたそうだが、当時、共働きの母は私をケアする時間もなかったようで、私は父が嫌いだった。


サードライフ。

私は親のサードライフを共に生きている。

定年後の第二の人生をセカンドライフと呼ぶなら、父はとても幸せなセカンドライフを生きたと思う。

妹のいるスイスに十回くらいは行ったし、母と妹夫婦とヨーロッパを何度も巡った。地中海クルージングも語学が堪能な妹夫婦をガイドに、晩年になってからは日本人が誰もいないような所への旅行も楽しんだ。今、父には最愛の妻はいないが、サードライフは娘の私がそばについている。

終焉を迎えるホームベースまで伴走者付きという贅沢さだ。このまま父がホームベースを踏む時まで付き合うことになるだろう。

だが、自分のことを否定する最大の敵は、案外一番近くにいるものだ。

父の天敵は私だ。

末っ子長男の父は依存心が強い。

一つ年上の姉さん女房の母に頼り切っていた。父は母が亡くなってからも「ワシは何もできんから何も知らんから」と自主的に動かない。

それがボケているからなのか、もともとの性格なのか、境目がわからない。

だから、父の面倒は見すぎないように心がけている。何もかも手助けするとボタンすらかけられなくなる。

過剰サービスは介護にはＮＧだ。

朝、服は用意するが着替えは手伝わない。じっと見ているのも忍耐力がいる。とことんできなくなったら手助けをするとは思うが、今はまだ自分でできるのだ。それを効率で排除してはいけない。

まだ、できることを奪ってはいけない。

そうは思っているが、バランスはいつも考えている。

そこは忍耐強く待つが、その他はスキマ介護を目指している。

スキマでできるほど簡単なことではないにせよ、実験は試みたい。

「私の人生どこ?」の親友の言葉は、私の胸に澱のように居座り続けている。

介護に一二〇パーセントの時間と労力をかけてはいけない。

自分が壊れてしまうからだ。

優しくて真面目な人ほど自分を犠牲にする。

愛すべき人類の中から自分だけが抜け落ちる。そして、自分を犠牲にしてまで尽くそうとする。

自分も愛すべき人類の輪の中にいるから、自分を愛して、自分こそ大事にしないといけない。

朝起きたら、まず自分が喜ぶことをしよう。

ゆっくりコーヒーを飲むでも、朝ヨガや瞑想をするでも、一番好きな物を食べるでもいい。忙しいからと用事を優先すると、自分の憩いの時間なんかは確保できない。

忙しい現代人こそ、心が迷子になる前に自分をねぎらう時間や、自分を見つめ直す時間が必要だということを忘れてはならない。

父が入院中、私はマザー・テレサの本『マザー・テレサ　あふれる愛』（沖守弘・著）を読んだ。

マザー・テレサは「死を待つ人の家」を設立し、路上で行き倒れになっている人を運び、手厚く介抱する。人として見捨てられ、ただ虫ケラのように死にゆく人の最期を慰め寄り添った人だ。

ウジが湧いた身体を拭うシスター達。

この本の内容のようには到底できない。

親の下の世話すらできないのに。

シスター達の朝は早い。

祈りの時間から一日が始まる。

自分をリセットする時間が必要なのはシスター達だって私達だって同じだ。

「おみつ、すまねぇなぁ。ゴホゴホ」「何、言ってんだい、おとっつぁん。そんなこと、言いっこなしだよ」と時代劇のワンシーンを模して、私が親切に介護していると彼氏は思っている。

「そんなに優しくないし！」と私は否定する。昭和時代もその健気さに感心したけれど、江戸時代はもっと情が深いのかもなぁ。まぁ、人生五十年時代の話だし、看病している、おみっちゃんはギャルだから体力だってあるさ。

父が退院して、まだ一ヵ月も経っていないのに私はもう介護疲れだ。

早い夕飯を済ませ、コンビニでの支払いがあるし、近所に住む娘の所に行ってくると嘘をついて午後七時半頃に家を出る。

このまま家にいては、私は持ちそうにない。

近所のバーに行く。

マスターが「夫婦だったら引っかからないのに、親って言うだけで鬱陶しく感じるよね。いつまで経っても親って重しなのかな？」と言ってくれる。

私も考える。

娘の世話をすることは苦ではないのに、親の世話はしたくないものね。

後から来た飲み友達が参戦する。

「家庭が避難所で、職場が避難所で、バーが避難所だね～。仕事で嫌なことがあったら家庭で慰めて、家庭で嫌なことあったら職場に逃げて、仕事も家庭もダメな時は酒場で忘れる。避難所は何箇所か必要かもしれないよね～。趣味の場所でもいいしなぁ」

飲み友達は私より十三歳年下だけれど、同居しているお母さんに難儀している。まだまだ要支援さえ取得していないけれど、話が噛み合わない母親の衰えを憂いながら、職場での責任も重く、働いてクタクタな様子だ。


そんな彼女も、一度ケアマネジャーとの面談を目論んだことがある。

予約当日の朝になって、お母さんがヒステリックになり、アポはドタキャンになった。

結局、認定を受ける手続きもしないまま現在に至っている。どこの親も同じだ。必ず抵抗する。介護認定イコールボケ認定と思うらしい。自分の衰え点数なんか見たくはないだろう。

私も同じ体験をした。父を認知症外来に連れて行ったが、連れて行くまでが大変だった。

怒り出す親はどこも同じではないだろうか。飲み友達のお母さんはアポ一週間前から不安定になり、当日、泣き出してアポがキャンセルとなったらしい。

人は正体のわからないものに恐怖を覚える。認定を受けたら即、施設行きみたいな誤解もあったようだが、説明してもガンとして聞き入れない。

耳が遠くなっているのか子供の声は届かない。だからこそ介護認定ってどんなものなのかを知るチャンスだったと思うし、何しろ今は認定を受けたい人が順番待ちの混み具合なので早いに越したことはない。

イザという時は必ずやってくる。

付き添う家族だって色々な手続きに時間を取られるから、余裕がある時の方がいいと思うが、なかなかうまい具合に親を説得できないのは自分も同じだったのでよくわかる。

「難儀やねぇ。まぁ、これをきっかけにお母さんがシャンとしてくれたら儲けものかも」

「こんな事件も脳の刺激にはいいかもしれないねぇ」

ひとしきり介護談義をして酒を酌み交わす。

バーで他の人の考えや体験と出会う。

「逃げ道をたくさん持つ」は金言だと感心する。

介護のみの生活は逃げ道もないし、発展性もない。所詮、自分の考えだけでぐるぐる堂々巡りになって自分を追い詰めていく。

避難場所を作っておくことは必要だし、プロに相談することで突破口が見えてくる場合もあるだろう。

さぁ～て！　生ビールも飲んだし、テレビの野球の試合中継が終わる九時までに家に帰ろう。

シンデレラタイムは一時間半だったけれど、結構ストレス発散ができて、よく眠れるだろう。

六月十六日　金曜日

今日は暑くなるらしいので早めに散歩に行く。早々に散歩業務が終わったので午前中にスーパーに行き、エビを買ってきた。「天ぷらが食べたい」と、私の胃袋が要求する。

サツマイモと舞茸、大葉、エビの天ぷらとガーリックライスを作る。

私は夕べからご機嫌がいいのだ。

アルコールが澱んでいた気持ちも流してくれていた。

心がこもると盛り付けも丁寧で、一層美味しそうに見える。

父も珍しく全部食べた。

私の機嫌が悪くなるのは、父の面倒を見なければならないからではない。父がいなくなったら毎日ご機嫌で暮らせるかといえば、決してそうではないだろう。

教会の畑に咲いていた花をもらって生けてみた。華道は習ったことがないけれど、美しいものが好きだ。

「どう？」と父に見せる。

「綺麗だ」と父は目を細める。

毎日こんな風に天使の私で過ごせたらいいなぁ。

六月十七日　土曜日

いい天気だ。

父はデイサービスに行った。

ウキウキする。

父が出かけるまでに掃除も化粧も片付けも終わって、ソファに座りアイスコーヒーを飲みながらＴＷＩＣＥの曲を聴いている。踊り出したい気分だ。

何をしよう。

父の世話をしなくていいから自分のためだけに時間が使える。

父が入院していた三ヵ月半の天国のような時間の再開だ。

父が入院した一ヵ月目は自分でも自覚がないくらい疲れていたらしく、少し動いてはダラダラと寝転んでいた。


昔、娘がデパート勤めで鬱になりかけていた時に聞いた。

「何がしたいの？」「何もしたくない」と答える娘。

若い彼女に何か将来の夢でもないのかと、母親が聞きそうなことを聞いていた。

彼女は「何もしたくない」と言う。

ムキになって動かそうとしても鬱がひどくなりそうだった。

「何もしないことがしたいこと」と娘は言った。

「それなら何もしなくていい」


その時の彼女の気持ちが、今はよくわかる。動けない時はある。

人生、休息は必要なのだ。

人生は長い。

身体が丈夫な私は出産以外、入院したことがない。今まで自分を振り返る時間もなかった。だから父が入院した時は会社を畳んだ時期とも重なって、人生初めての長い休息時間だった。起こっている出来事は不幸と言われるものかもしれないが、私には神様がくれた素敵な時間だった。

楽しい時間はあっという間に過ぎる。

デイサービスではおかずも二割くらいしか食べなかったとスタッフから聞いた。二度ほど粗相もしたらしい。

買っても、買っても紙パンツの消費は止まらない。

帰ってくるなり風呂場に直行だ。

今日はお尻を洗わなくてもいいと思っていたが甘かった。

普段より処理が大変で、やっぱりいい思いをした後の反動は大きいね。

クーラーも寒いと言って切ってしまう。

私の快適な時間は終了した。

やる気が起きね～。

今晩は並べただけのおかずでいいや。

一日くらい食べなくったって死にゃ～しない。

六月十八日 日曜日

本当はデイサービスに行くのが嫌だったのか。口唇ジスキネジアが昨夜はひどくなっていたよね。登校拒否の子供みたいに緊張が身体的反応になって出てくるのかな?

今朝は昨日のツケからかシーツとパジャマが、「おねしょ」で濡れていたので、洗濯と布団干しからのスタートだった。私の機嫌はすこぶる悪い。

今日は日曜日、教会に行かなければいけない。

これもボケ防止だと思って力を振り絞る。


ミサは午前九時から始まる。教会に来ている人は年寄りばかりだ。

半分はベトナム人でこの小さなコミュニティも様変わりしている。

若い人や子供はほとんどがベトナム人で、若い日本人夫婦なんかは見当たらない。

ベトナム人の方が家族の繋がりが深いように感じる。

かつて日本がそうであったように、これから伸びてゆこうとする民族は若い力が結束しているのかもしれない。

ミサが終わり、今日は軽い食事が用意してあるらしいので食べて帰ることにした。今日のメニューはバラ寿司とベトナム料理のフォーだ。

まだ午前十時半だけれど、席に着くなり父はむしゃむしゃとバラ寿司を食べ出した。

フォーも出てきた。

「これはベトナムのうどんみたいなもので、米粉で麺を作っているよ」と父に説明するが、父は食べることに夢中だ。

食欲だけは衰えることを知らない。

ペロリと食べてしまった。

私もお腹がいっぱいになった。

これでお昼ご飯を作らなくてもいいわと私は密かに喜ぶ。

他の信者さんが「今日は父の日だね。ご馳走作ってもらってね」と父に話しかけてくる。

そういえば今日は父の日で、昨日、何か買おうかと思ったけれど面倒になってやめた。

もしかしたら、来年の父の日はないかもしれないが、「毎日が父の日ですから」と心の中でつぶやいた。

六月十九日 月曜日

今日は姉が父の面倒を見に来てくれる。

一つ年上の姉は下に妹弟が三人控える四人兄弟姉妹の長女で、小学生の時から人のお世話を進んでしてきた人である。

姉は三人の子供を育て上げ、夫が単身赴任で不在の九年間も、気の強い姑の世話をしていた。認知症になった姑がお尻からほじくり出したコロコロうんちを洗面所の流しに突っ込んであったのを、家族が発見して「ぎゃー!」と騒いでいた話をしてくれた。

嫁と姑という気兼ねからか、また女性ということもあり、デイサービスの用意とか排泄はかなり認知症が進んだ後でも姑自身がしていたようだし、自分のものを触られたくない気持ちは、女の人の方が強いのかもしれない。

また嫁と姑という関係からか、あまり口出しもできなかったようで、紙パンツも一日に一回しか取り替えないけれど、それを指摘するのは遠慮があったようだ。

「オムツから漏れたオシッコで座るところにスタンプされるから、家中に消臭剤を振りかけていた」そうだ。

義理の関係の介護は違うストレスもあるんだなぁ。

姉は親切な人で、私が言わなくても父を風呂に入れる時のTシャツも半ズボンも持参してきた。しっかり者の姉に任せておけば、何の心配もいらない。

私はお休みをもらって、娘とランチとカラオケとスーパー銭湯に行って、帰りにアイスクリームを食べた。

その間、父のことを気にしないで姉に丸投げできる安心感でウキウキしていた。

「まだ一ヵ月だというのに、お母さんはすでに介護疲れだわ」と娘に愚痴ると、「一ヵ月目って一番大変じゃない？　今、社内でも新入社員達が配属されてきているけれど、最初が一番訳わからなくて大変そう。お母さんもまだ手の抜きどころもわからないから、もう少し慣れたら大変じゃなくなるかも」と言ってくれた。

なるほどね。「負うた子に教えられて浅瀬を渡る」だわい。

六月二十日　火曜日

今朝も父と散歩に行く。

幼稚園の子供達がフェンス越しに「こんにちは」と言ってくれる。

子供達はゴミ収集車を見ようと集まって来ている。何にでも興味があるんだなぁ。

「ゴミ収集車、来たよ」と先生が言うと、みんな一斉に車中の作業員に手を振った。作業員もニコニコ顔で手を振っている。

無垢な魂の群れの前ではみんな笑顔になるみたいだ。

「いつも重い紙パンツ収集、ありがとうございます」と、私も一緒に手を振った。


久しぶりに弟からメールがきた。

来週の水曜日に我が家に来ると言う。

ちょうど娘が休みの日で、父の退院祝いをしようと言っていた日だ。

昭和一桁生まれはすき焼きが大好きだ。

特別な日のご馳走は「すき焼き」が定番と感じる。

牛脂を鍋に入れる。

牛肉を焼くためにはまず牛脂を投入して牛肉を焼く。

昭和時代はこの牛脂を取り合いしたそうだ。油が貴重な時代もあったのだ。

家によって作法が違うが、牛肉を焼いて砂糖をかけて醤油を垂らし、じゅうじゅうと肉が踊るところをさっと取り上げ生卵につけて、するすると肉の甘みを感じながら食べる。卵もたっぷりで喉越しも滑らかに、すき焼きを最も感じる瞬間である。

「は〜、幸せ!!」はこの一瞬にあると言っても過言ではない。

砂糖の加減とか醤油の加減とか、アンテナが不確かな昨今は割下を使ってしまうが、これも自分好みの肉屋の割下で、特別な日にはスーパーのそれは使わない。

だが、グルメの弟が来る。鍋奉行は彼にお任せしよう。

「糸コン、豆腐、ネギ、椎茸？　他に何を用意しておく？」と聞くと、返信があった。

「愛があれば大丈夫」

我が弟ながら、びっくりするような返信じゃあ、ありませんか！

「愛がないので困っています」

弟よ、今度のすき焼きは私に「愛」をちょうだいね。

六月二十三日　金曜日

父には毎朝、ＮＨＫのＢＳ放送を見せている。

今朝は興福寺がテーマだった。

父は大変な読書家で、スイスにいた妹夫婦とヨーロッパ巡りをした時も、訪れる先々の歴史や文化に造詣が深くて、妹夫婦も舌を巻いたそうだ。

だが、ここ一年くらいは「面白い本がない」と言って読書をしない。

多分、理解力が落ちているのと根気が続かないのだろう。

今まで興味があったことに興味を示さなくなるのも認知症の初期症状だ。

もっぱら終日のテレビが毎日のルーティンになっている。

テレビのリモコンの操作も、未だに地上波とBS放送とCS放送の区別がつかない。

退院直後はスイッチの入れ方すら忘れていた。

民放のチャンネルはコマーシャルばかりだし、衰えゆく脳みそが更にひどくなりそうで、少しでも興味がありそうなNHKのBS放送の番組を視聴させている。

阿修羅像がテレビ画面に映った。

「へ〜！　どこの寺？」と聞くと、「興福寺」と即答した。

直近の記憶はないが、古い記憶の引き出しは健在のようだ。

「こんな番組見たら、奈良に行きたくなる？」と聞くと、「そうだな」と会話が成立する。

午後からは銭形平次と水戸黄門を見る。

お年寄りにはわかりやすいストーリーだから、結構視聴率はいいのかもしれない。

最後には必ず印籠が出てきて、「はは〜!」とひれ伏す場面は毎回、同じなのに毎日見ていても飽きないらしい。

父が認知症かもと思った事件があった。

「この水戸黄門、昨日と同じストーリーだ!」と言って、テレビ局に抗議の電話を入れると言い出した時だ。

似たようなストーリーには違いないが、毎回少しずつ登場人物も変わっているはずなのだが「昨日も同じ話だった」と譲らない。

バグっているのは、あなたの脳みそなのですが。

当時は私もムキになって喧嘩になったが、テレビ局が毎日同じストーリー流すなんて愚行をするわけがないということが、もう父にはわからなくなっていた。

だが、同じような人が割といることを知った。

そのおばあちゃんは実際にテレビ局にクレームの電話を入れたそうだ。

テレビ局のクレーム係、毎日一件くらい同じようなクレームを受けているのかもしれん。

気の毒だ。

今日は父を主治医の定期検診に連れて行った。

ケアマネジャーとの打ち合わせやら、医者通いやら、介護者は結構時間を取られる。医院に行けば曜日ごとに薬の分別だってしないといけない。

働いていたらケアマネジャーと夜に打ち合わせしないといけないし、有給を取って病院にも付き添わなければいけないだろう。ケアマネジャーだって、夕方までの勤務というわけにはいかない。土日だって関係ないだろう。

「何人くらい担当しているのですか?」と、ケアマネジャーに聞いたことがある。「全部、いつも稼働しているわけじゃないけど二十人くらいかなぁ」と言っていた。医院には私と同じようにお母さんに付き添って来ていた息子さんもいた。みんな大変だ。

昨日、医院が休みだったせいか混んでいて、順番がなかなか回ってこない。「まだなのか、まだなのか」と、父が隣でうるさい。年寄りは残された時間が少ないからなのか堪え性がない。そんなに生き急がなくてもいいじゃない。あなたにとっては自分のことだけど、人のことで時間を費やしているこっちの身にもなってほしいものだ。

やっと診察室に入った時は、医院に着いてから二時間が経っていた。

父は問う。

「酒を飲んでもいいですか」本日のメインテーマは先生のお許しをもらって酒を飲むだ。「まだか、まだか？」はこの質問をしたいがためだった。

質問を忘れるかと思ったが、それは絶対に忘れない。「酒、やめられたのだから、もう飲まない方がいい」と先生が診断を下した。「お〜！　やった〜！」パチパチと私は、ほくそ笑む。私の言うことは聞かないが、先生様の言うことは聞く父である。都合の悪いことは忘れるかもしれないが、先生のお墨付きが出たので父に引導を渡せる。「ノンアルコールビールは最近いいのが出ているからノンアルならいいよ。水分も取れるし」と、先生もフォローを欠かさない。

医院から帰ると、便秘三日目の父は落ち着かない。何回もトイレに行ってはうなだれて出てくるので、今日処方してもらった漢方薬を飲ませてみた。

先生にも「浣腸は本人ができない場合は腸を傷つける可能性があるから気をつけて」と注意されているし、薬で出てほしいと思う。

願いが通じたのか、しばらくして「出た、出た」と満面の笑みでトイレから出てきた。

排便できない気持ち悪さがなくなって安心したのか、言われもしないのに、昼寝のためにさっさとベッドに行った。私もすかさずパジャマに着替えさせる。

二時間も医院の硬い椅子に座って疲れたよね。おやすみなさい、パパ。


外は霧雨。

私が大好きな静かな雨が降っている。

こんな時は無音が素敵。

耳の遠い父がボリュームを大きくするテレビの音もない。

父は昼寝から目覚めない。

できれば明日の朝まで寝てくれ。

風も窓から窓へと渡る。

細かい雨が降る静寂の時間。


私はチャンスを逃さない。

さっさと風呂に入ってビデオを見て、ビールを飲んで、まだ時間が余っていたのでケチャップライスのドリアを作った。

ホワイトソースもバター多め、小麦粉多めで牛乳もたくさん入れて、しゃぶしゃぶにならない、ほどよいクリーミーさで仕上がった。とろけるチーズ、パルメザンチーズを乗せてこんがり焼き上げる。

「うまい」

父はまだ寝ている。

至福のひととき午後七時。

普通の時間にご飯が食べられる。

いつもは父時間で夕食は午後五時だが、私には早すぎる。

お願いだから、今日はもう目覚めないでくださいまし。

証拠隠滅作戦始動。

うっかり夜中に起きた時に、「あれ？　ご飯食べた？　お風呂も入った？」と勘違いする風景にしておこう！

うんこ日和かもねぇ。

午後九時にトイレに行く父の杖の音が階下から聞こえた。

「やばい！」

私は自室の灯りを消して身を潜める。

トイレのドアを閉める音。

その後、杖の音は寝室に向かった。

「そうそう、そのまま寝てくれ」

息を殺して待つ。

不用意に私が登場してはこのミッションの成功は危ぶまれる。


静かになった。

私は足音を立てないよう、そろりそろりと階段を下り、ターゲットを確認。

寝ている。

今晩はもう起きないだろう。

ミッションコンプリート。


翌朝、父に「昨日はご飯も食べないでお風呂も入らないで寝てしまったね」と言うと、

「そうか〜?」と記憶にございませんという表情。

なんだか認知症の症状の増長を手助けしてしまったようで、少し複雑な心境である。

六月二十四日 土曜日

土曜日は定休日。

父はデイサービスに行って、私は存分に自由時間を満喫できる日である。自由時間を利用して親友の家に行く。今日は弁護士さんに紹介してもらった介護施設を斡旋する会社の人と会うので、同席してほしいと依頼されていた。

午後一時のアポで、女性の営業担当が二人到着した。弁護士さんからの紹介なので騙されてべらぼうな金額をふっかけられることもないと思うが、念のために費用はいくらかかるのか聞いてみた。

こういう時は割とストレートに聞いてしまう私だ。相談は無料ということだった。興味津々の私は、どこで利益を得ているのか質問した。要するに介護施設を紹介することで施設側からのキックバックが会社の利益になるようだ。

親友のお母さんは年金だけでは施設の入所が困難なので、生活保護を受けて入所できる所を探してもらう相談だった。

施設に入ってもらうことについては、自宅介護の限界からの選択ではあるが、やはり心が痛む。誰だって自宅がいいに決まっている。親友のお母さんも交えての相談ではあったが、お母さんは自分の置かれている状況が理解できていないようだった。まずは医療介護施設を探して、入所して、生活保護申請をして費用を賄うという順番らしい。お母さんの場合は年金に積み増しという形で検討することになった。

ひと通り相談して営業担当が帰る時、お母さんは酸素のチューブを鼻に差したまま正座をし、「よろしくお願いします」と深く頭を下げていた。

その姿が不憫だった。

お母さんから見たら、家族と自分を引き離す悪魔のような使者達に違いない。

来客が帰ってから親友は、「どうだろう、施設でちゃんとしてもらえるかなぁ」と聞いてきたので、私は「とりあえず探してもらった施設を見学して決めればいいよ」と答えた。

私の心は晴れない。

知り合いのヘルパーから生活保護受給者が多く入所している施設の様子を聞いているからだ。生活保護は国がお金を出しているわけだからサービス満点というわけにはいかない。なるべく手がかからないよう入所者は薬漬けにされて、まるで動物園のようだと言っていた。もちろんそんな施設ばかりではないと思うが。

生活保護を受けるくらいだから、問題を抱えている人も多く、性格がまともな入所者はいないと言っていた。そんな所と知りながら、私は親友のお母さんを追いやる手伝いをしている。けれど、親友も「死にたい」くらいクタクタなのだ。

国がお金を出して薬漬けの年寄りを延命させて、そこで働く職員や製薬会社、携わる業者の経済を回している構図だと思うと、やりきれない気持ちになる。


私は父がデイサービスから帰ってくるギリギリの時間に自宅に到着した。

父は午前中にデイサービスのお風呂に入っていたが再度、風呂に入るかと聞いた。

今日の親友の家での出来事で、私は父に対して申し訳ないような気持ちになり優しくなっていた。


本日の父は漢方薬が効いて快便のようだ。先生からお許しが出たので、お風呂から出た父に「ビール飲む?」と聞くと、「飲む! 飲む!」と嬉しそう。

昨日、医者にタンパク質が足りてないと言われたので、ちくわとチーズ、きゅうりのおつまみを小さなお皿に入れてセッティング。

サービス満点の私。ブラボー。

ちょうどテレビのBS放送でスイスの登山鉄道の旅番組が流れていた。父は「懐かしいなぁ」と、言ってビールを飲んでいた。
母と一緒に行ったスイスの旅を思い出しているのかな？
風呂上がりのビールはいいね。
ノンアルでも酔っ払うかもね。

六月二十五日 日曜日

父が退院してから一ヵ月余りが過ぎた。
娘が言ったように一ヵ月目が一番しんどかったかもしれない。
私も段々と要領は良くなってきている。
今日も教会まで日曜日のミサに連れて行って、帰り道にある散髪屋に父を放り込んで、
私はゆったりとコーヒータイムを楽しんだ。

私は毎週、日曜日の夕方に出かける。
六十歳になった時にダンスを始めた。
もう五年近く続いている。

今日はダンスの日だ。

最初はシニアディスコクラスに入ったが、今はジャズヒップホップのクラスに通っている。ボケ防止のために始めたと言ってもいい。

初めて教室に行った時は身体がガチガチで、リズムもうまく取れないような状況だった。自分の身体の衰えを突きつけられる体験は案外していないのかもしれないと感じた。

頭と身体がバラバラで、連動していない。振り付けが全然覚えられないのだ。脳みそも確実に衰えていて、なんとか身体に指令を出すが、頭では「わかっちゃ〜いる」が、手足には伝わらない。

シナプス故障中だ。

私がダンスを始めようとしたきっかけは、鏡に映った自分のお尻を見た時だった。「婆さんの尻だ」と愕然とした。

垂れ下がった尻から太ももにかけて輪のような皺が波紋のように何重にも刻まれている。運動から遠ざかっていた証拠だ。とにかく、身体を動かすことが目的であったが、毎週クラスで会う人達と徐々に親しくなり、閉塞感もあったコロナ禍でも共にマスクをしてダンスでストレスを発散したり、オンライン飲み会をしたりして楽しんだ。

二〇二二年三月の出来事である。

ダンス仲間の友人からＬＩＮＥが来た。

「実は三月十日の木曜日から実家の母が行方不明になっています。今思っていた以上に認知症が進んでいたみたいで、帰れなくなっているようなのです。今日で四日目。余計な心配をかけてしまうと思ったので、連絡できませんでした。ごめんなさい」

お母さんが突然いなくなった。

行方不明者として警察に届けたが、一週間経ってもお母さんの行方はわからなかった。まだ三月初旬である。冷たい雨が降る夜。どこでどうしているのか？

家族であれば身の置き所のない眠れぬ夜が続く。

以前は卓球をしたり、地域のコミュニティに参加していたお母さんだったが、コロナ禍で活動を制限され、家に閉じこもる生活が続いたためか、知らぬ間に認知症になっていたようだ。

コロナ最前線では、お年寄りとの接触自体が憚れる風潮もあった。

友人はお母さんと同居していない。

たまに会うだけでは親の変化に気づけないケースが多いのではないかと思う。

友人は居ても立っても居られない思いに駆り立てられて、お母さんと一緒に行った所をあてもなく捜し回って、精神的にも肉体的にもボロボロになっていった。

数年経った今も、お母さんは発見されていない。

友人のお母さんには会ったことはないけれど、友人の話を聞いて、当時から凄いお母さんだなぁと思っていた。「死ぬことは怖くない、こちらの世界からあちらの世界へ移動するだけ。私が隣にある違う世界の部屋に移動する時は、あなた達に迷惑をかけずにパッと逝くからね」と、お母さんは語っていた。衰えゆく頭で「子供達に迷惑をかけてはいけない」と、見えない力に突き動かされたのだろうか？

お母さんはその言葉通りに、軽やかに違う部屋の新しい扉を開けたのかもしれない。


本当に介護には費用も労力もかかる。

愛する娘には自分の人生を大事にしてほしいと願っていたに違いない。

私も母親だからわかる。

つらく悲しい体験も、いつか時間が解決してくれると願うしかない。

親との別れはいつ訪れるかわからない。

家族との時間が限られていることだけは確かだ。

少しでも幸せな時間を作りたいと思う。

六月二十六日 月曜日

認知症の人に言ってはいけない言葉

- 否定するような言葉
- 強制するような言葉
- 責めるような言葉
- 尊厳を踏みにじる言葉
- 不必要に興奮させるような言葉
- ペースを乱すような言葉

凡人の私は全部やらかしている。

昨日、家族とのかけがえのない時間を大事にしないといけないと偉そうなことを言った私だけれど、今日は私のペースを乱す父に文句を言った。

女同士ならバトってしまうシーンでも、父は黙っている。

同性同士なら多分、もっと容赦ない。

だから、同性同士の介護は厳しさが増すのかもしれないし、過去の確執が介護を難しくしている場合もあるだろう。

介護される人もかわいくできればいいが、性格も変わってしまってどうしても地金が出てしまうこともあるだろうし、変わり果てた親を受け入れられない場合もあるだろう。気が合わない親子も多いし、毒親だった人を介護するのも引っかかるものがあるに違いない。

認知症でなくても親子喧嘩はあるけれど、認知機能が衰えた人との喧嘩は介護者に罪悪感が残る。言い争いがエネルギーを奪ってしまって、更に介護をしんどいものにしてしまう。そのうちに相手が無反応になって、バトっていた時期を懐かしむかもしれない。

優しくなりたいよね。

ダメな自分と行ったり来たりの毎日。

私はまだまだ未熟な介護一年生。

もっと壮絶な介護生活をしている人に比べれば、おままごと介護である。

退院直後は動物的であった父は、少しずつだがトイレでうんこができるようになってきている。

認知症が治ったわけではないと思うけれど、進行を遅らせることはできるのかもしれない。

八月三日　木曜日

一ヵ月ぶりに日記を書く。

八月になり、猛暑というより酷暑の日々が続く。

熱中症警戒アラートは連日発令されている。それでも毎朝の散歩は欠かさない。「もしかして虐待？」と思われるかもしれないが、乳母日傘ならぬ大きめの黒い雨傘を差して教会まで連れ出す。

最期まで自立歩行してトイレに行くのが目標だ。

最近は紙パンツの中にうんこを漏らすことは、ほとんどない父だ。


先月、父と喧嘩をした。

連日の汚物処理に疲れて、私の眼差しは険しいものになっていた。

「ワシのことがそんなに憎いか。小馬鹿にして、それが親に対しての態度か」

と昭和の父さんは吠えていた。

「尊敬してほしかったら、ひとりで、トイレで、うんこしてみろ」

と私も吠える。

喧嘩も脳の活性化にはいいかと、私も容赦ない。ストレートな物言いが胸に刺さったのか、父はトイレで排便できるようになってきている。

私は四人兄弟の中で一番父に似ているらしい。短気なところもそっくりだし、心配症でウジウジしているところも似ている。

近親憎悪なのか、自分にそっくりな、良くないところばかりに目がいってしまう。


「お尻洗った?」と父に声をかける。

「洗ってない」と言う父をトイレに連れ戻して便器に座らせ、シャワートイレの使い方を毎回説明する。

シャワートイレの使い方とテレビのリモコンの操作はなかなか覚えてくれないが、それも最近はマシになってきている。

物理的に寄り添うことが難しい家族もいるとは思うが、やはりマザー・テレサが言っているように、「愛」の反対は「憎しみ」ではなくて「無関心」なのだろう。

放置された認知症患者の症状は、もの凄いスピードで進んでいく。

八月六日　日曜日

日曜日が一番忙しい。

朝九時に教会のミサに行って昼食を用意して、夕方からダンスに行っているのでダンスに出かける前に父を風呂に入れて夕食を作っておく。

教会では他の人に、「お父さん、顔艶も良くなって以前と変わらない」と言われた。みんなは私のことを孝行娘と言うけれど、わかりませんよ！　いい人そうに見える人ほど怖いですから。

真面目な人ほど追い詰められるから、介護疲れで殺人なんてことになったら、「仲良く歩いておられたのに」なんて、近所の人は報道陣に言うのかな。

散歩に出ると、よく道ですれ違うおばあちゃんが挨拶をしてくれる。

「いつも偉いねぇ」と言って、父のことが少し羨ましい様子だ。

炎天下の中、押し車を押して、とぼとぼと去って行く後ろ姿は少し物悲しい。

介護生活にも慣れてリズムができてきたのか、一週間があっという間に過ぎていく。自分の老後のことを考えると、働けるうちは働いて小銭を貯めないと、と焦る気持ちが出てくる。健康であれば何歳になっても働くことは可能だと思うけれど、私ももうすぐ六十五歳になるから再就職するなら早いに越したことはない。パソコンの操作方法だって、使わなければ忘れてしまいそうだ。

仕事がないのは本当につらい。

姉は父の介護が仕事だと言ってくれるが、給料が出るわけではないのだ。

ちょうど二年前になるが、私は早朝の介護施設の朝食の配膳の仕事に行っていた。その頃は父も朝食だけは自分で準備できていたから、午前五時に起きて、お昼前の十一時まで働きに出ていた。

もともと飲食に馴染みのない私ではあったが、条件が自分にとっては好都合ということで面接に行った。私の会社はまだ倒産していなかったけれど、会社からの収入は無いに等しかったからだ。

有料老人ホームで個々人に個室がある施設だ。老人ホームってどんなところだろうとの興味もあったし、父の食事に難儀していたこともある。

「老人って何を食べているのだろう?」というのが素朴な疑問であった。

何度も父の入れ歯を作ったたし、歯科医院にも付き添って行ったけれど、父は入れ歯を装着しない。咀嚼する歯がないから何でもかんでも微塵切りにしていた。

ホームでは咀嚼できる段階で普通食、一口大、刻み、流動食と主に四段階で調理される。老人は誤嚥性肺炎になるリスクもあるのでトロミ粉を入れて、なんでも餡かけ風になる入居者もいる。

お茶ですらトロミが必要なのだ。

施設によっては配食サービスを利用して給食のように盛り付けるだけの施設もあるが、この施設は施設内で調理を行っていたので美味しそうな献立だった。

四十数名の入居者の朝食はお粥の日もあるし、パンの日もある。

お粥の硬さも段階があり、パンの耳は必ず切ってほしいとオーダーする入居者もいた。

冷たい牛乳、温かい牛乳、冷たいコーヒー牛乳、温かいコーヒー牛乳と好みに合わせて配膳しないといけない。

個々人の病歴で塩分控えめとかアレルギーにも対応している。肉がダメな人、卵がダメな人、糖分がダメな人など、結構事細かに対応していたので、配膳未経験の私にとっては緊張する毎日だった。

しかも、コロナ対策が多岐にわたって取られていたから、業務は多かった。朝食の配膳は午前八時までに終え、最終的には班長が点検し、エレベーターに乗せて朝食準備終了となる。風景が変わらない介護施設では、食べることが一番の楽しみなのかもしれない。

月末に渡されるシフト表は一覧になっていて、氏名の所に労働時間のトータルが記されている。早朝、昼、夜と三部全員の労働時間は八百三十三時間だった。最低賃金が千円でも合計八十万円、ベテランや社員のことも考えると人件費だけで百万円は必要だろう。原材料費もかかるし、光熱費もかかる。

食料品も軒並み値上げラッシュの昨今だ。

時々様子を見にくる社員もいるから経費は更に嵩むだろう。

給食業者が施設から受け取れる金額は月二百万円ももらえないかもと計算する。会社の利益も考えると、そんなに儲からない。

削れるところは人件費だから少人数で目一杯仕事をする。

八月十三日 日曜日

今日は日曜日だから、父を教会のミサに連れて行く。

教会は午前九時からだけれど、それまでに掃除と花の生け替えは済ませておきたい。

父は用意された朝食を食べて、あとは座ってテレビを見ているだけだから、「もう行こう」といつもうるさい。

時間との勝負で、分刻みで動いている私の神経はいちいち苛立つ。

「今日は八時四十五分に出発するから、それまではうるさく言わないでほしい」と念を押す。事前に父がしそうな行動で、私が苛立つポイントを押さえる。

声をかけてもすぐ忘れる時もあるけれど、何遍も同じ箇所で私は怒るので父も少しは学習したみたいだ。

毎週欠かさず教会に行って、のんびりとした日曜日の朝というわけにはいかない。

ミサは一時間ほどで終わる。

最近の父は頭もしっかりしているらしく、お盆休みで帰省している普段は見かけない人と冗談を言って喋っていた。

ある人が私達に声をかけてきた。

「お元気そうで何よりです。後ろの席からお二人を見ていて、三年前に亡くなった父を思い出しました。私も父の隣で今この箇所読んでいるよと指で差したり、介助したりしていたことが懐かしく思い出されました」と。

介護生活の真っただ中にいると面倒くささの極みであるが、父が亡くなったら私も色々なことを懐かしく思う時が来るのだろうなぁと思う。

親を亡くした人は異口同音に語る。「いなくなったら寂しいものですよ」と。

きっと、残された時間はもうそんなに多くはないに違いないから、もっと心穏やかに過ごさないといけないのだと思うけれど、毎日それを続けるのは難しい。

八月十七日 木曜日

お盆で姉は家族で沖縄旅行。

妹夫婦は従兄弟夫婦と海水浴を楽しんだようだ。

私だって夏休みが欲しい。

不満が頂点に達していた。

このところ私は怒りに支配されている。

膨らみすぎた風船が弾けるように怒りを父にぶつける。

「みんな遊んでいるのに、私だけ自由がない」

「お前は兄弟の中で貧乏くじを引いたと思っているのか？」と父に返されて、「思っているよ！」と本音が出る。

彼氏に愚痴を言った時、「自分の器を大きくしないと」とアドバイスされたが、怒り出すと止まらなくなっていた。

介護に慣れてきた証拠かもしれないが、私は疲れているのだ。

私は二階の部屋で寝ているが、夜中にトイレで起きてくる父の杖の音で目が覚めてしまう。親友は「お母さんが呼びつける声がしょっちゅうなので、呼んでいない時もその声が聞こえる」と言っていた。私も同じだ。

段々と追い詰められて、聞こえないはずの杖の音が聞こえる時がある。

イライラは黒い想念となって空気を汚す。

買ったばかりの花は毎日、水切りして新しい水に替えているのに一向に花が開かない上に葉が枯れ出した。

「早く死んでくれ」と思う心から発せられる想念が、いいものであるはずがない。

そんな時、父はまた自宅で転倒した。

作用、反作用の法則で宇宙に投げかけたものがブーメランのように私に返ってきた。せめてもの夏休みと娘と出かけて帰ってくると、血がついたタオルが置いてあった。見ると父の左目の上に血がついている。メガネの、つるが、ブラブラになっていて丁番がひん曲がっていた。

「どこで転んだの?」と聞いても転んだ自覚すらなかった。今度転んだら命がないとまで言われていたから、また首の骨に衝撃が加わったかもしれない。

お出かけしていい調子で帰ってきたらこのザマだ。とにかく、他に打った所がないか服を脱がせ点検して、パジャマに着替えさせベッドに連れて行き寝かせた。

それから私は彼氏に助けを求めた。

彼氏は冷静な人なので、いつも適切なアドバイスをくれる。

「一応病院に連れて行って見てもらったら?」と言うので、入院していた救急病院に電話をして指示を仰ぐと、午後五時半に脳外科の先生が来るという。

「では六時くらいに連れて行きます」と言って電話を切った。

午後六時まではまだ時間があったので、病院に行く用意と血のついたタオルを洗濯してしまおうと作業に取りかかった時、ここで転けたという痕跡を発見した。

バスタオルがかかっていてわからなかったが、お風呂場のステンレスのタオルバーがぐにゃりと曲がっていた。相当の石頭だ。

とにかく、床に打ちつけたのではないようだった。

MRIを撮って病院を出た時、外はもう暗くなっていた。先生から「画像では問題ありませんでしたが、急変する場合もあるので時々起こして意識があるかどうか確認してください」と言われた。

その日から、私は睡眠障害に陥ってしまった。

八月二十一日 月曜日

昨夜十時に就寝した父はまだ目覚めない。

午後一時。父は十五時間眠り続けている。

父が寝ている間に私も身体を休めたい。

今日は早朝に目覚めてしまって、用事は早く片付いた。

しかも父は静かに寝ているのだ。

こんなチャンスは滅多にない。

私の体力だって限界だから、私も横になりたいのにできないのだ。

チャンスなのに眠れないのだ。

だが、私は本当に申し訳なく思う。

自分が疲れているので眠れたらいいなと思うけれど、こんな状況でも働きに出なければいけない人を思う。

睡眠不足であろうが介護疲れであろうが、ほとんどの人が仕事を持っているだろう。

私は自宅にいてヒーリング音楽を聴いて、なんとか自分を立て直そうとしているけれど、これも実は贅沢な時間なのだと感じる。


尾崎豊の『はじまりさえ歌えない』の歌詞に「つめ込むだけのメシを食べて」というフレーズがある。

とても動物的で心に残る言葉だ。

それでも自分のためにだけ用意して、自分の生命維持のためだけの動作だ。

詰め込むだけの飯でも、介護者は自分が食べたくなくても、人のために用意しないといけない。

対象者が箸すら持つことができなければ、毎食のその介助だけでも気が滅入ることだろう。毎日、毎日献立を考えるだけでも面倒くさい。

お昼になっても父は起きてこなかった。

土曜日にデイサービスに行って日曜日に教会に行った父は疲れているのだろう。

前週の木曜日に再度転倒したショックも手伝ってか、父の身体は睡眠を欲しているようだ。

父はまるで起きる気配がない。

このまま明日の朝まで寝てくれ。

だが私の腹は減る。

冷蔵庫の中から残りものやら、ハムやら、調理しないで済むものを片っ端からむさぼり食う。

ガツガツと食べる。

立って食べる。

手当たり次第食べる。

八月二十三日 水曜日

夜中三時に目覚めてトイレに行く。

台所で水を飲んでいると父がゴソゴソ起き出してきた。

私は杖の音が聞こえる前に起きたようだ。トイレに付き添い紙パッドを交換する。尿意を感じてトイレには行くが、紙パッドはぐっしょりしている。

ここでのひと手間を省くと更に作業が増えてしまうので、新しいパッドと交換する。

父は紙パンツの上にパッドをつけて使用している。

紙パンツのパッドも二回分、五回分など吸収率が違うものが販売されているが、五回分は割高になるので、もっぱら二回分を使用しているが、まめに交換しないと漏れ出してしまう。

パジャマまで、ぐしょ濡れで布団にまで浸透していたことがあった。

そんな時はシーツやらパジャマやらを全部洗わないといけなくなる上に、父が使っているのは綿布団なので、丸洗いすることもできず難儀した。

仕方なく表面を拭いて、干して、消臭剤を大量にぶっかけたが、今もその気持ち悪さが残っている。

浸透を防ぐシーツも販売しているようだが、結構値段も高くて面倒くささも手伝っていまだに買っていない。

寝たきりになったら必需品になるのかと思う。

その時は多少ゴワゴワするがブルーシートでもいいか。

父はポータブルトイレを使ってはいないが、母は存命中それを使っていた。

バケツに溜まるそれを綺麗に洗い流しても、もわっとした悪臭があった。

気疲れで少しずつ疲弊していくのがわかる。

二階に上がっても私はすぐに眠ることができない。

完全に睡眠障害に陥っているようだ。

結局午前四時半頃まで眠れなかったが七時に目が覚めた。

階下に下りると父は起き出して、服を着替えているところだった。

退院直後は服の着方も忘れていた。

入院中は看護師さんがなんでも全部やってくれていたから、易きに流れて自分で着替えることすらできなくなっていた。

施設にでも入ったら、職員さんも時間に限りがあるからトロトロした着替えを見守ってくれないだろうから、自発的にできることも奪われていくのだろうなと想像する。

朝食の準備を終え、父に向かってこう言った。「私はパパとの生活で疲れ切っていて寝不足だから、もう少し寝るから起こしにこないでほしい。テレビのスイッチと音声スイッチは毎日教えても一向に覚えないけれど、テレビをつけられないからといって起こさないでほしい」

我が家では耳が遠い父のために手元スピーカーを使用している。

しばらくの間、テレビのスイッチと音声スイッチを操作する電子音が何度も鳴っていたが、私は手出しすることをやめた。

私は自分の潜在意識に従うことにして、昼ご飯もセッティングして父を放っておくことにした。

八月二十四日 木曜日

昨夜は比較的よく眠れた。

もう三日も父と散歩に行っていない。

散歩をサボると途端に歩けなくなるから、今日は行かねばなるまい。

こうやって父を散歩に連れ出すのは死が訪れるまで自立歩行してトイレに行ってもらいたいからなのだが、私は疑問に思うことがある。

散歩に連れ出さず、このまま放っておけば寝たきりになる速度も早まり、施設に入れて介護から解放されるのではないかと。

散歩の途中でカットハウスの店長が店先に出ていたので、自分のヘアカットの予約をする。店長は五人の子供を育て上げ、店も切り盛りして、実家のお父さんも引き取って介護をした人だから、私の話を親身になって聞いてくれる。

「杖の音で目が覚めてしまう」と言うと、「私も夜中に父が階段から下りてくる足音、咳払いで目が覚めて。その上、夜中に、会社に行くと言って玄関から出て行こうとするので、説得したりして、眠れなくなっていました」と話してくれた。徘徊がない分、まだマシなのかもしれない。

「介護あるあるは介護した者にしかわからないかもね。弟や妹は姉ちゃんも大変だなって、他人事だったし」と、これまた経験することは介護においては同じなのである。

早く死んでほしいと願い、そう思う自分が人でなしのように感じて自分を傷つけ疲弊していくのはみんな同じだ。

そう思う自分を許そう。

そう思うのが当然なくらい介護って大変なのだ。

髪を切りさっぱりした。

思い直し、思い直しの毎日が続く。

八月二十六日 土曜日

睡眠障害は続く。

彼氏は「美味しいもの食べて、酒をかっくらって寝るのが一番」と言ってくれる。そこでビールをしこたま飲んで、ワインも飲んでみたが、かえって目が冴えてしまった。

私の精神力と体力が限界なので、姉にＳＯＳを出してみたが「私も帯状疱疹みたいで体調悪いし、色々用事があって忙しいので無理。ショートステイを考えてほしい、申し訳ないけど」と返答してきた。予想通りだった。

誰しも自分の生活で手一杯なのはわかるし、体調が悪い身体を引きずってまで代わってくれとは言えない。

もう、私には怒る気力すら残っていなかった。しかし言っておかねばなるまい。

私は苦しいのです。伝えなければ、声に出して言わねば、誰もわかってくれない。「察してほしい」は甘え以外のなにものでもないだろうし、変に、いじけずに助けを求める勇気も必要だ。

だが結局、身体が頑丈なところに皺寄せがくるのかもしれないとも思う。

親友のように、自分には兄弟がいないのだ、元から一人っ子と思わないと仕方がないのかもしれない。

今日は父がデイサービスの日なので、その間に寝られればいいがなぁ。

送迎の車に乗る時、父は「これでお前もゆっくりできるから」と言っていた。父は父なりに「すまない」と思っているのだろう。そういうことを言わせてしまう自分も度量の狭い奴だと感じるが、理解力が衰えていない父を嬉しく思う。

あと三十分で父は帰ってくる。

結局眠ることはできなかったが、私は早めのお風呂に入り、湯船に三回浸かった。スーパー銭湯に行く気力もないけれど、与えられた環境で、できることを探す努力はしてみたい。

ほどなくして父が帰ってきた。

デイサービスのゲームで優勝したらしい。

紙製の金メダルを首からぶら下げて得意満面だった。

八月二十七日 日曜日

今朝は「おねしょ」からスタートだ。

布団を干して、シーツやパジャマを洗った。考え直さなくちゃいかんと思い「昨夜はよく寝られたみたいだね」と声をかける。日曜日のミサにお供して、自分の発声練習のために聖歌を歌う。

残暑は厳しいが、風の中に秋の気配を感じる。「カニスキとか食べに行きたいねぇ」と言うと「いいなぁ」と応える父。

連れて行くのは大変だけれど、観光でもできればいいなぁ。


夕方、ダンスに行った。

身体を動かして汗をかくことは精神衛生上、最も効率のいい方法だと思う。

身体と心は連動しているから、心がひしゃげている時は身体を動かすと色々なものが毛穴から出て行く。

もし、自分の子供が難病であったら、私は全てを犠牲にしてでも助けようとするだろう。

でもそれが普通に老いてゆくだけの親には冷淡になる。

同じ命に変わりはないはずなのに、親に対しては真摯で懸命な気持ちがなくなるのはなぜだろう？

もう充分な時間を生きたから？

同じ命のはずなのに大切に愛おしく思えない。

それはなぜなのだろう？

弱い立場の幼な子を守るのと同じくらい弱い存在のはずなのに親を疎ましく思う気持ち。

かつて自分を支配していたからなのか？

いつまでも強い存在であってほしい願いからなのか、私には答えが出ない。

八月二十九日 火曜日

父は日曜日の夜から今朝まで目覚めなかった。連続三十四時間睡眠だ。

今朝一度起きただろうことは洗面所に置いてあるコップを見てわかったが、それ以外はずっと寝ていた。

その間、紙パンツを数度交換したが「眠い」と言ってすぐに目を閉じてしまう。具合が悪いわけでもなさそうだったので時々水を飲ませて起こさないでいたら実に八時間×四日分を一気に寝たようだ。

このまま起こさなければ何時間寝るのか試してみたい気持ちになったが、また中途半端に起きて夜中まで起きていられたら、私の身が持たないので七時に声をかけた。目やにが接着剤のように貼り付いて右目は開けにくそうだ。

洗顔してサッパリした顔に向かって声をかけた。「昨日、一日中寝ていて十歳くらい若返ったのかも？」と言うと、えっへんとポーズをとって見せた。

九月三日 日曜日

昨夜は八時半に寝床に入った父だ。

私も寝られる時に寝ようと二階に上がった。寝よう、寝ようとする時ほど眠れないものだ。午後十時、父がトイレに起きる杖の音が聞こえる。なんとしても眠りたい。

午後十一時、また杖の音が聞こえる。

結局、私は午前四時まで眠れなかった。目覚めたのは教会に出発する五分前だった。

「教会に行きたくない」と言うと、「一人で行く」と出来もしないことを言われる。父としては自信があるようでも、教会までの坂道で転ぶことは目に見えている。

私の機嫌はすこぶる悪いが、教会には十五分遅れで到着した。

ミサはすでに始まっていた。

マスクで私の口元は隠れているが、への字に曲がったままだ。

神父様のお説教も素直には聞けない。

「怒ることと叱ることは違います」と説教が始まる。

「いや、私は叱ったりしていません。私は怒っているのです。父を叱っても子供のようには成長しません。愛情ある叱りではないです。毎日毎日の面倒くさいこの状況からお助けください」

私はこの従順な人の群れの中にいるのが苦手だ。

やり場のない怒りは神にすら向けられる。

子供の頃からの反抗心はいつまで経っても抜けない。

ミサが終わって家に連れ帰った途端、「お腹が空いた」という父。

あなたは私が用意した朝ご飯、食べましたよね？

朝寝坊した私が悪いですけれど、私は何も食べてないのですがね。

何か自分で見繕って食べてくれればいいものを、父はソファに、でんと座ったままだ。

時々、父は魔法使いではないかと思う時がある。

四点杖を振ると、何でも目の前に出てくる。

父は私が炎天下の買い物から帰ってきて汗だくの時にも同じことを言う。帰ってきた途端に「何か食べるものはないか？」と急かされる。

私が、ブチギレる瞬間だ。

汗を拭って涼む時間もない。

思いやりは皆無である。

アウトプットばかりでは枯渇する。

私も誰かからインプットしてもらわないと、エネルギーなんて出ない。

最近の私は口が止まらない。

父に向かって暴言を吐いてしまうのだ。

九月四日　月曜日

親友にＬＩＮＥをした。

「最近、なぜかイライラして、言わなくてもいいことを言ってしまって止まらなくて困っている」

「それは私も同じ、それで、また後で反省するよなぁ」

余裕がなくなって追い詰められてゆく。

みんな同じだ。

負のループはどこかで断ち切らないと、と焦る。

介護従事者が入所者に対して暴力を振るうのも、同じ様相なのだと、体験を通じて思う。段々とエスカレートして加速度がついてゆく。追い詰められた時、その人間の本性がわかると言うが私も入所者に暴力を振るう介護従事者と大して変わらない。

追い詰められた負のループから抜け出すのは、その場からいったん離れるのが一つの解決策なのだと、答えはわかっていても離れることができない。

介護に向いているかどうかの性格テストのようなものがあれば、私は間違いなくスコアが低そうだ。

問題を引きずらない割り切り力が必要なスキルかもしれない。

以前、バーで隣り合わせになった若い女の子が介護職に転職したいと話していた。老人が粗相をして、すまなそうにしている姿にキュンとするそうだ。

世の中は広い。

そんな変わり種が増殖してくれることを願う。

九月五日 火曜日

今日は姉が来てくれる。

姉の体調も戻ったようだ。

長女の責任感からか、バトンタッチをしてくれる。

私は彼氏の家にお出かけだ。

明日が彼の誕生日だけれど、一日早い誕生日会をすることになった。

時間通り、姉は午前十時にやってきた。

昼食、夕食、散歩、風呂をお願いして私は家を出る。

彼氏との約束は午後一時だったが、私は黒門市場に立ち寄ってから行くつもりだ。黒門市場はすっかり観光地になっていて、珍しい野菜を売っていた場所は海産物が食べられるフードコートになっていた。「あっさりしたものが食べたい」という彼のリクエストに応えようと魚店を覗く。

マグロ、中トロ、サーモン、イクラづくしの寿司や串刺しにされた牛肉、タラバガニが店先いっぱいに並んでいるが、目玉が飛び出るほど高い。

観光客は中国人や韓国人がほとんどでパラパラと欧米人が混じっている。

彼のために事前に何かを作って持っていく気力は私にはない。

市場で何か見繕って行こうと決めていた。

今や高級魚と化してしまったが、もし新物の秋刀魚《さんま》があればと探したが見つからない。

一軒の店で聞くと「今日は生秋刀魚の入荷はない、他の店もないと思うよ」と言われ、「去年の北海道産の冷凍の秋刀魚でも美味しいよ」と、売場まで案内してくれた。

三千円も出して六貫の寿司を買う気にはなれないし、新物でなくてもいいかという気になった。

秋刀魚の目玉は透き通っているとは言い難く、目が充血している。

だが背の部分がぷっくらしていて油の乗った秋刀魚には違いない。

誕生日に秋刀魚定食もどうなのだろうとは思うが、美味しければご馳走だ。

それから大豆の味が楽しめる、汲み出し豆腐と湯葉、タコも買った。野菜も必要とは思うがサラダを作る気力もないし、メニューも思いつかない。壬生菜と大根、ナス、キュウリの浅漬けを買った。漬物でもとりあえず野菜には違いない。ケーキも買えば結構な荷物だ。

「ご飯、炊いといてね」と到着時間を知らせるＬＩＮＥを入れた。

彼の家に行くのは久しぶりだ。

しばらく行かないうちにテーブルクロスやクッションが新しくなっていた。たくさんあった食器類も整理されていたし、レイアウトも変わっていた。

八ヵ月前に彼のお母さんは亡くなったが、ようやく落ち着いて生活を楽しめるようになってきたようで、私も嬉しくなった。

本日の買い物の品定めとばかりにダイニングテーブルの上に店開きをして披露する。「今日は秋刀魚焼こうと思って」と言うと、ガステーブルのグリルは故障していると言う。

「大丈夫、フライパンで焼くから」と秋刀魚に飾り包丁を入れて塩を振る。本当はフライパンで焼いたことはないのだが、多分うまく焼けるでしょう。

油は引かず片面を強火で焼いて裏返して弱火にして蓋をした。

秋刀魚を焼いている間に、浅漬けのキュウリとナスの糠漬けをゴンゴンと大きく切る。

家では前歯がない父がいるため、滅多に漬物を出さないけれど、今日はバリバリと食べられる。

「秋刀魚のいい匂い」と、朝食抜きの腹ペコの二人はテキパキ作業をこなす。

彼に大根おろしを任せて、「スダチ、買い忘れちゃったな」なんて言いながら豆腐を盛り付けたりしているうちに、秋刀魚が焼き上がった。

綺麗な焦げ目がついて美味しそう。

フライパンで焼くのもアリだな。

誕生日パーティーとしては質素だけれど、原価は結構かかっている。

「塩加減最高」と嬉しそうに食べる彼を見つめている時間は、父と囲む食卓とは違う。

父はポロポロとご飯をこぼすし、殿様体質なのか、どの皿のおかずも綺麗に最後まで食べない。食い散らかしたものを捨てるのもストレスがかかることだと、父はわかっていない。

ご飯と梅干しがあればいい、作りがいのない人なのだ。

綺麗に全部食べてくれる人がいてこそ、料理の腕も上がるというものだ。

たわいもない話を面白おかしく喋って私を笑わせてくれる彼との団欒は楽しかった。久しぶりにお腹を抱えて笑った。

九月六日 水曜日

珍しく弟からメールが来た。

ひどい頭痛の病名がわかったとの報告だ。

頭部自律神経症状を伴う短時間持続性片側神経痛様頭痛発作（ＳＵＮＡ）。

この長ったらしい名前の病気は十万人に一人の割合でかかるらしく、治療方法も確立していない。「いつも感謝しています」と父の介護の礼を言われる。

「毎日、五～十回くらい激痛の発作があるので、参っています」と綴られている。「十秒から二十秒くらいの発作なので、そこを凌げば何とか……」

「群発頭痛の痛みは、『世界三大痛い病気』の一つらしくて、狭心症と腎臓結石と並ぶそうです。僕の発作は時間が短いタイプなのでまだマシですが、でも、その分回数が多くて。寝ている時も一時間おきに痛くなるので、寝た気がしません。睡眠薬もずっと飲んでいるのだけれど……」と深刻な内容だ。

身体のどこであっても、不調があると日常生活を思うように過ごせない。

弟は突然襲ってくる激痛に難儀しているようだ。

「そろそろ仕事にも支障をきたしているけれど、何とかこなしています」と。人生苦労はつきものだけれど、私の苦労なんて、ちいせー、ちいせー。

人の面倒を見られるのも、自分が健康だからと思う。

心身共に健康なのが、一番の幸せなのかもしれない。

健やかに穏やかに過ごす。

大きな夢はなくてもいい。

希望を失わないことだ。

未来しか変えられない。

過去をクヨクヨ悩んでも始まらない。

一日、一日を大切に生きたい。


長かった灼熱の夏は、もうすぐ終わるはずだ。

介護にも灼熱の季節というう期間があるのかもしれない。

九月二十一日 木曜日

今日は父の補聴器のメンテナンスに行った。父は家で留守番だ。本来は本人を連れて行って調節してもらうのがいいが、タクシーで往復するには費用がかかりすぎる。

このところの私は体調が優れない。夏風邪を引いたのかもしれない。折しもダンス仲間がコロナ陽性になったらしく、感染していないか心配して電話をかけてきてくれた。

私は熱も出ていないし、喉の痛みも二、三日でマシになっているのでコロナではないと思う。ただ食欲がないので、父の食事作りにも力が入らない。

心身共に健康でなければ、人のお世話なんかはできない。

九月二十三日 土曜日

やっと秋らしい日和になった。

クーラーをつけなくても窓を開けていると爽やかな風が吹いてくる。

今日は姉の家族が来る。

姉の長男は三ヵ月前の六月に結婚した。

父と私と娘は結婚式に参列していないので、甥っ子からすればおじいちゃんである父に、結婚の挨拶に来るのだ。

午前九時半にみんなが来るというのに、私は全力疾走でドラッグストアに向かっていた。

昨夜、ダンス友から、「一緒にいた他の人もコロナに感染したようだが、あなたは大丈夫か」と再度聞いてきたのだ。

自分は夏風邪でコロナ感染しているとは微塵も思っていなかったが、身近に感染者が出ては検査をした方が安心だろうと抗原検査キットを買うことにした。しかし、昨夜はもうドラッグストアも閉まっていたので、姉の家族が来る前にと、それを買いに行った。

私も父も熱はなかったが、咳が出ていたからだ。

コロナはもう五類に分類されていたが、コロナ陽性なら速攻で帰ってもらわないといけない。

ドラッグストアでは薬剤師の説明を聞いてからでないと検査キットが買えないので、焦る気持ちでそれを聞いていた。

急いで家に戻ると、みんなはもう到着していた。

事情を説明して、挨拶もそこそこに、検査キットの説明書を読んだ。

さっき薬剤師が説明してくれたけれど、うわの空で聞いていたからだ。

綿棒を鼻に突っ込み、検査薬に浸し、キットに垂らして十五分。

私も父も陰性だった。

それから、やっと新婚の二人と姉夫婦と父と娘で賑やかな家族会が始まった。

思えば新型コロナウイルスに翻弄された三年間だった。

私は二〇二一年五月、第四波の時にコロナに罹患した。

同居している高齢の父にうつしては命に関わる。当時、父を救済しようと姉は動いてくれたが、保健所からは父の移動を制限された。タイムラグがあるので、もし父がコロナになっていたら、移動した姉の家で被害が広がるからだった。

コロナ患者の私がゴム手袋をして食事を作る日々だった。なるべく父と接触しないように自室にこもって、父が就寝した後に除菌掃除をし、食事も別々で最低限の家事だけをしたが、具合が悪くても父の世話をしないといけなかった。

今のように、トイレや風呂の世話がなかったから接触は最低限で済んだので、父はコロナに感染しなかった。

コロナ最前線で介護していた家族は大変だっただろうなと想像する。

平穏無事な時でも介護は大変なのに、コロナや震災時の介護は命に関わる。

家族が集まることすら制限されていたので、今日家族が集まったのは、いったい何年ぶりだろうか。

甥っ子のお嫁さんは笑顔が素敵な人で、このところ、ささくれだっている私の心に染み入ってくるような笑顔だった。

和気あいあいと亡き母の思い出や近況報告に花が咲く。父も嬉しそうだ。

午前中だけの短い訪問であったが、翌日には姉からお礼のＬＩＮＥが入り、私の体調も気遣ってくれていた。

「昨日、パパがあまりに元気なので、みんなびっくりしていた」と、頭の具合も立ち上がる動作も以前よりも格段に早い父に感心していたらしい。

これも炎天下であろうが、ほぼ毎日散歩に連れ出した成果だと思う。

専属トレーナーの私は風邪で弱っているが、父は元気そのものだ。
父のいる実家が家族の中心地だ。
集う場所があり、家族の物語は続いている。
穏やかで、平和な日常が幸せだと思う。

九月二十九日 金曜日

今日は中秋の名月だ。
残暑も厳しかったけれど、澄んだ空気の中に秋が見え隠れする。
介護をすることで醜くなっていく自分の心に嫌気がさして、私は夜空を見上げた。
雲一つない夜空に、ぽーんと放り投げたボールのように満月が光っていた。
私は願った。
そして月に話しかけた。
「お月様、どうぞ私に清い心をください」

十月四日 水曜日

今日はやってくれた。

私の風邪もようやく治って、父も午後七時に就寝したので私も早く寝ようと自室でまどろんでいた。

けれど、寝る前の点検にと階下に下りると、

「臭い!!」「やばい!!」

洗面所の床に、うんこが落ちていた。

自分で紙パンツを交換しようとしたが、うんこが出ている自覚がなくて、うんこは床中に広がっていた。しかも、スリッパで踏んで、そこら中に広がっている。

ということは、と寝ている父を叩き起こした。

洗面所に連れて行き惨状を見せる。

それからトイレに連れて行き、やっぱりあった塊がついた紙パッドを外して交換する。

シーツにも、うんこがついているので取り替える。

スリッパの裏には、うんこが付着しているから、父が歩いた動線はうんこがついている

ことだろう。

早く寝られると思ったらこれだ！

「すまん」という父。

赤ん坊なら泣くだけで、自分では交換なんてできないけれど、自力でなんとかしようとするこの段階の高齢者が一番厄介かもしれない。

私はまだ同居しているから時間を置かずに処理できるけれど、一人暮らしで、たまに介護者が来るような場合は、あちこちに、うんこ被害が広がるのだろうな。

時間が経つとそれは乾燥して、益々除去するのが困難になるだろう。

夜中にシーツを洗い、床掃除も終わって、洗濯物を干しながら自分の変化に驚く。

面倒なことを処理し続ける毎日に埋もれて、心が置いてきぼりになってしまっていた私に突然、小さな灯りがともった瞬間だった。

今更だけれど、私は父に同情している。

人生の終わりに醜態を晒している現実。父はまだ、そこまでボケていないから、自分がしでかしたことに対して考える力はあるだろう。

まだ、つらい、情けないという感情は残っているはずだ。

老いては子に従えというけれど、父は財政面も私に一任してくれているし、物分かりのいい扱いやすい人なのだ。

もっと良い所にも目を向ける訓練が、私には必要なのかもしれない。


自分もいつかは老いる。

自分も老いた果てに父のことを思うだろう。

誰もがみな、老いの切なさを抱えて生きてゆかなければいけないのだ。

十月十八日 水曜日

今日はインフルエンザの予防接種のため、父を医院に連れて行った。

接種前の診察を希望して「ここ一ヵ月ほど咳が出て治っていないようなのでレントゲンを撮ってほしい」と依頼した。

レントゲンに映る肺には白い影があった。詳しい検査は医院ではできないので総合病院に紹介状を書いてもらい、夕方に診察してもらうと「誤嚥性肺炎」と診断された。入院してくれた方が私は助かるのだが、あいにくベッドが空いておらず、一週間の通院で抗生物質を点滴投与しての経過観察となった。

十月二十四日 火曜日

今日も父を病院に連れて行く。

自宅から総合病院まで往復四千円のタクシー代がかかる。

やはり介護は時間もお金もかかるのだ。

父が点滴を受けている一時間余りをベッドの横でじっと座っているのも結構退屈だ。

顔馴染みになった看護師さんが声をかけてくれる。

「向かいのショッピングセンターに行っておいでよ。私はいつも付き添いの人にそう言っているから」と促され私は父のそばを離れることができた。

私はショッピングセンターのベンチに座って、サンドイッチと缶コーヒーを楽しんだ。

たった三十分でも陽だまりに包まれるひとときは、人の優しさに感謝する時間だった。

十二月九日 土曜日

十月に続いて、父はまた誤嚥性肺炎になった。

二ヵ月前は通院で済んだが、今回は三十八度の高熱が出て、慌てて病院に連れて行った。


今日はデイサービスの日だった。午後五時に、デイサービスのスタッフが「発熱して歩けないようなので車椅子を持ってきてくれますか」と私を玄関先まで呼びにきた。具合が悪いようでスタッフと二人で何とか車椅子に乗せて、家に連れ戻した。父を家族に引き渡して、ほっとした表情でスタッフは帰ってゆく。


ここからは一人で何とかしなければならない。

このまま寝かせて治るというレベルでもないだろう。

父を車椅子に乗せたままタクシーの送迎の電話をするが、コロナ禍で人員整理をしたタクシー会社は人手不足からか、十回くらい電話してもなかなか通じなかった。タクシーを待つ間に父は車椅子からずり落ちていた。

「ロン！」と父は突然叫んだ。

高熱でせん妄状態の父は麻雀をしている夢を見ているらしい。

体重が四十キロ弱の父でも脱力状態なので再度、車椅子に座らせるのは難儀したが四苦八苦しながらようやく総合病院に到着した。

病院の男性スタッフ二名に助けを求めて、なんとかタクシーから降ろすことができた。

一人ではとても運べない。

父は発熱していたので、発熱外来専用の屋外の出入り口で待たされた。

発熱の原因はインフルエンザかコロナか、または他の原因かはわからないので一般の出入り口から病院内に入れてもらえなく屋外での待機だった。

すっかり暗くなって北風が吹くが高熱の父は寒くはないだろう。

ようやく発熱外来の扉が開き、父は車椅子からストレッチャーに移された。

脈拍を測る装置の音だけがプップップップッと鳴っている。

まずインフルエンザとコロナの検査をしたが父は陰性だった。

順序を踏まないと次の検査には進めない。もしこれが緊急の状態であれば死んでしまうこともあるかもしれない。レントゲンやら血液検査を経て、父は「誤嚥性肺炎」と診断され入院することになった。

うす暗くなった夜間の待合室で入院の手続きの書類やレンタル用品の契約書を書く時間は、いつも孤独を感じる。他に駆けつけてくれる家族がいないのは心細く寂しいものだ。

十二月二十九日 金曜日

二〇二三年の幕が下りようとしている。

一月に自宅前で転倒し、一年の内に二度も誤嚥性肺炎になり、事件のない月はないのかと思うぐらい介護に時間も体力も使った。

年末も押し迫ってから、ようやく父は退院してきた。

病み上がりの父を人ごみの中に連れ出すのはリスクがあるが、今日はベートーヴェンの「交響曲第九番」のコンサートに連れてきた。

お年寄りはイベントが年々減っていく。先の楽しみはどれだけ年を取ろうが必要な事だ。

母が亡くなってから、父は息子がオーケストラに参加しているこの年末のコンサートを楽しみにしていた。大晦日のＮＨＫの紅白歌合戦のように、師走二十九日の「第九」が我が家の恒例になっていた。

来年退団予定の弟にとって、演奏者人生、最後の第九番の演奏ということもあり、ギリギリまでキャンセルせずに父の回復を待っていた。

私達兄弟は父のためにカニ懐石も予約していた。

演奏中に頭痛が襲う不安を抱えながらも、弟は優雅に演奏しているように見えた。

徐々に盛り上がっていくこの曲は一年の締め括りに相応しい曲かもしれない。

舞台の上の息子の晴れ姿を見て父は満足そうだった。

なにも親に張り付いて介護をするだけが親孝行ではないかもしれない。

子供の立派に成長した姿を見るのは、いくつになっても我がことのように嬉しいものなのだろう。

第九、合唱、蛍の光と演奏が続き、色々あった二〇二三年だったが、終わりよければすべてよしの年の瀬だった。

二〇二四年

一月一日 月曜日

大変な幕開けだった。

のんびりした気持ちはいっぺんに吹き飛んでしまった。

テレビからは「今すぐ逃げてください」とＮＨＫのアナウンサーが切迫した声で叫んでいた。

能登半島で震度７の大地震が発生した。

夕方で、ちょうど父を風呂に入れようとお湯を張っていた時だった。

「風呂はまだか」と父は隣でうるさい。

「ちょっと待って、せめて、あと三十分」

震源地からは離れているとはいえ、能登では今まさに地面が動いているのだ。

連動することもあるかもしれないし、余波がこないとも限らない。

もし、地震が来たら素っ裸にした父を守れない。

一月二日　火曜日

昨日からテレビの放送は地震の情報ばかりなのに、追い打ちをかけるように羽田空港で海上保安庁の航空機と日本航空の旅客機が衝突炎上した事故のニュースが流れる。得体のしれない不安で心がザワザワして落ち着かない。

二月二十日　火曜日

二月になってようやく、私は前向きに未来を考えられるようになっていた。
私は二〇二四年の目標を「極楽生活」にすることに決めた。
最近の私は父にも優しく接することができるようになり、天使出現率が高い。
それは自分にとっても幸せなことだ。

自分も極楽、父も極楽、私の周りにいる人達も極楽でいられるよう、自由自在な考え方ができるようになりたい。生きていると不安も多い。地震だって、いつ、どこで起きるかわからない。お金の心配も、健康の心配も、人間関係の心配も色々あってキリがない。

ないものや不足を補うための情報をネットで検索し続けても脳は疲れるばかりだ。

もっともっと、有るものに感謝して、在ることに気づいて感謝を増やしていく人生にしたい。もっともっと、素敵な人達とも出会いたいし、まだまだ自分を成長させたい。

そのためには、せいぜい身体を鍛え上げて、健康寿命を伸ばさねばと思う。

年を取ると身体も硬くなる。

そして、心も思うように変化させられなくなる。

私は死ぬまで心も身体も柔軟であり続けたい。

未来はいつも未知の世界だ。

今日という日を明るく楽しく、ワクワク希望を持って過ごしたい。

三月十八日 月曜日

父はまた発熱した。

昨年から三回目の「誤嚥性肺炎」だ。

医師からは「二ヵ月に一回の肺炎はペースが早すぎる。せめて三ヵ月は間隔が空いていないと。抗生物質も多用すると耐性ができてしまうので、今回は違う種類の薬を出しましょう」と言われる。

四月十九日 金曜日

父の体調も回復し、穏やかな日々が続いていた。

四月に入ってからは父を車椅子に乗せて、父が好きな塩むすびやノンアルコールのビールを持って桜を見に行くこともできた。私も父との平和な毎日を楽しめるようになっていた。


そんな時に父は、また自室で転倒した。

「起こしてくれ」と父は言ったが、昨年の経験があるので私はすぐに一一九番に電話をした。

その後到着した救急隊員に抱き起こしてもらって様子を探る。父も介助なしでベッドに座ることができたし、「お騒がせしました」と大騒ぎしたことを詫びて救急隊員も帰ろうとしていた時、「やっぱり痛い」と父が言うので念のため、そのまま救急車に乗って病院に行った。

検査結果は「肋骨《ろっこつ》三本が骨折、腎損傷」だった。血尿も出ていた。

父はまた三週間、入院することになった。

五月十日 金曜日

今日は父が退院する日だ。

今回は教会の人が二人、車で一緒に迎えに行ってくれる。

父のために教会のミサへ行くようになって、私は他の信者さん達とも親しくなっていた。

私が散歩とミサで教会に連れて行っていると思っていたが、父が私を教会に連れて行っていたのだと思った。

父を迎えに行く車中で「今度の日曜日の夕方、父を見てくれる人を探しています。我が家で留守番のアルバイトをお願いできないかな」と聞いた。二人は「私達は無理だけれど、信者さんが運営している施設があるから顔つなぎに行こうか」と父を迎えに行った後に、その施設に立ち寄ってくれた。

その施設は自宅から自転車で十分くらいの距離にあり、以前から「ここでお世話になれたらいいな」と思っていた施設だった。

ようやく自宅に帰ってきて父は嬉しそうだ。
なんとか歩くことはできたが介助が必要な状態だった。
今までとは違う弱りようで、父の体重は三十七キロになっていた。
これまでのように、私が二階で寝て父の様子を見守れる状況ではない。
私は父のベッドの横に布団を敷き、夜間、父を見守ることにした。
父は夜中に七回トイレに起きた。
ベッドから下りようとする気配で私は一睡もできなかった。

五月十一日 土曜日

午前十時にケアマネジャーが来て、これからのことを相談する。
介護ベッドのレンタルや訪問入浴の相談をする。

五月十二日 日曜日

このところ私はほとんど眠ることができず、昼夜、父の動向を見守っていたので買い物にすらいけない。自宅で缶詰状態だった。それでも夜中のトイレには付き添っていた。父は私の肩に手を置いて、私は父の両手を持って歩行練習のように一歩、一歩、歩いてトイレまで行く。

昼夜逆転の父は真夜中にテレビを見る。

一緒に座ってテレビを見る体力は私にはない。

ずるずると自分の布団をソファの横に移動させて寝転びながら父を見守る。

薄暗いリビングで画面を見つめる父の横顔は、ときおり明るい光を反射して映画のワンシーンのように照らされていた。

五月十三日 月曜日

私の体力も限界だった。

退院時に紹介してもらった施設から「ショートステイを早めて、今日からでも大丈夫ですよ」と言ってもらう。「あと一日、何とか頑張ってみます」と十五日から預かってもらうことにした。

今晩も父はトイレに起きる。

便器に座りながら父がつぶやいた。

「昨日、夢を見てなぁ、お前とは不思議な縁だったなぁ、二人で宴会している夢だった。しみじみと、ほのぼのと、あったかい宴《うたげ》だった」

せん妄ではないが、退院してきてから父は意味不明の言葉を発する。

だが、その言葉は私の胸の奥底まで響いた。

この介護が報われたような気がしたのだ。私は本当のところ、父を頼りにし、甘えられないもどかしさを怒りに変えて父にぶつけていたのだ。

長い、長い間、私は父に受け止めてほしかったのだと知った。

どんな人でも、親から受けた傷というものがある。小さな傷でも長い年月をかけて大きな傷に成長してしまうこともある。自分の中のインナーチャイルドは癒されないかもしれないし、わかり合えないかもしれない。「親から愛されていない」と思い続けてしまうかもしれない。けれど、介護は親と対話できる最後のチャンスだ。

親が亡くなってから、その思いを知ることができるかもしれないし、無理はしない方がよいとは思うが、できれば親が存命中に接触してほしいと願う。怒りでもいい、憎しみでもいい、いつかその裏側にある思いに辿り着くはずだ。親にさんざん苦しめられてきた人でも、そのお世話を全うして最期を看取った人の笑顔は素敵だった。

介護は親からの「最後のレッスン」だと言われる。レッスンの期間が長い人もいれば、あっという間にその存在がなくなってしまう場合もある。

義父母であれば複雑な思いもあるだろうが人は介護によって何かを学ぶに違いない。

「孝行したい時に親はなし」

私はたっぷりと時間をもらい、父の人生や母の人生、私達家族が生きてきた軌跡を辿ることができた。自分の人生がないと思っていたが、介護も私の人生の一部と知ることができた。それは本当にかけがえのない時間だったと、今は素直に思うことができる。

五月十七日 金曜日

一昨日から父を施設で預かってもらっていた。

自分がどこにいるのか、環境が変わると混乱するらしく、父は夜中に三回ほど施設内を徘徊したようだった。だが病院とは違い、拘束されることはなかった。

そのショートステイ先の施設で父はまた転倒した。

自分がどこにいるかわからずベッドから立ち上がろうとして、机につまずき転んだ。

左足の大腿骨頸部《だいたいこっけいぶ》骨折《こっせつ》だった。

肋骨の骨折から退院してから一週間も経っていなかった。

今回は施設長もケアマネジャーも一緒に病院に付き添ってくれた。

医師は「百歳でも手術していますよ」と言ったが、全身麻酔をして手術をし、リハビリを含めて、再度の三ヵ月の孤独な入院生活は父には耐えられないだろう。

私は父に聞いた。

「このまま歩けなくなるか、手術をして入院するか、二択しかない」

父は「もう、入院したくない」と言った。総合的に考えても手術に耐えられる体力はないだろう。また三ヵ月も入院したら、せん妄も出て認知症も加速するだろう。

私はくたくたになりながら姉や弟に意見を聞いた。

「いつもパパを見ている二人が手術しない方がいいというなら、それがベストと思う」

と弟は言った。

五月二十日 月曜日

ショートステイのつもりで入った施設に、父はそのまま入所することになった。介護サービス付きの高齢者住宅だった。父の容態はとても自宅で見守れるレベルではなくなっていた。要介護1の父がたった一週間で要介護5になってしまった。

プロ達が昼夜、見守ってくれた。点滴や酸素が必要だった。

本格的な介護はここからだったのかもしれない。寝たきりになった父のおしめをヘルパーさん達が替えてくれる、寝たままでお風呂に入れてもらう、バイタルを見守ってくれる、痰の吸入をしてくれる、食事の介助をしてくれる。

私ひとりではできないことをしてくれる人達がいた。

この日記を書き始めてちょうど一年が経った。

介護を通じて、私は多くの人に助けられたし、たくさんの人と出会った。

父と過ごす中で、私は多くのものを父から受け取った。毎日一緒に散歩に行って、私の方が散歩を楽しみにし、そこで出会う人達との交流からさまざまなことを教えられた。

それは、父から私へのたくさんのプレゼントだった。


父が施設に入所してから、我が家のゴミは極端に軽くなった。

あの紙パンツの重みは私にとっては重圧だったのだろう。

「おしっことうんこのついた紙パンツの重み」

それは父の命そのものの重みだったのかもしれない。


「隣人を愛せよ」と教え育てられた。それができない自分を責め続けた。

一番近い隣人は家族であるが、近すぎて遠慮がない分、一番難しいのかもしれない。

介護に疲れて――

「私の人生は他人《ひと》のために生きているようなものだ！」

と、父に食ってかかったことがあった。

敬虔なクリスチャンである父は、

「ルリちゃん、それは凄いことだぞ！」と目を輝かせた。

他人《ひと》のために捧げることができる人生。

キリスト教の真髄だ。

「いや、あなただけには言われたくはございません」

と身体中から力が抜けた。


そのことを聞いた妹は言った。

「九十二歳まで、あんなに汚れていない人も珍しい。妬み、嫉み、悪意がまったくなくて、純粋なパパらしい言葉だ」と。

自分の中に悪意がないと、人の悪意も見えないものかもしれない。


私は毎日、昼食と夕食の時間に施設に通った。

娘は「せっかく楽になったのだから、一日に二回も行かなくてもいいんじゃない？」と言ったが私は「行ってあげたいのよね」と応えていた。

それは何か予感のようなものだったのかもしれない。父は段々と食べることも、水を飲むことも、言葉を発することもできなくなっていった。


そんな日曜日の朝、ミサが始まる前に神父様が施設に立ち寄ってくれた。

病人のために額に油を塗る「塗油《とゆ》の秘跡《ひせき》」（罪からの解放と病の回復を願う儀式）を施

してくれた。父はもう自力で寝返りさえ打てなくなっていた。
しかし父は振り絞るように、そのやせ細った両手を胸の上で合わせた。
高村光太郎の「手」の彫刻のようで、父の信仰の深さを思わせる祈りの姿だった。

翌朝、二〇二四年六月二十四日、月曜日。父は愛しい母のもとに旅立っていった。

「うんこ」と「おしっこ」との闘い。本当に闘ったのは父だったろう。
寝たきりになった一ヵ月間を除いては、父は最期まで自分の足で歩いてくれた。

介護を通じて多くの人に慕われている父の姿を見た。
たくさんの人がその死に涙してくれた。
お茶目でユーモアもあって、おおらかで頼りがいのある人だった。
私は父からの愛を受け取り、自分自身に許しを与えてもよいと思えるようになった。

いま、私は、そんな父のもとに生まれたことに心の底から感謝をしている。
ありがとう。ありがとう。ありがとう。パパ。

あとがき

赤い灯台が生家のそばにあり、海に沈む夕日を毎日眺める文学青年だった父は、高校生の時に洗礼を受けた。

その後、小さな教会で母と出会い、私は第二子として誕生した。三十歳で四人の子持ちになった父は小説家になる夢を諦め、鉄鋼関係の会社で定年まで働いた。

私が「本を出す。パパが主人公だからね」と言うと、「信じられない」と言いつつも嬉しそうだった。しかし、最晩年に、まさか、こんな、お題の、本の、出演者になろうとは、夢にも思っていなかっただろう。


人生は不思議だ。

誰にとっても生きている意味はあるのだ。

誰もが自分の人生の中の主人公なのだ。

だから、これからも精一杯生きたい。

最後に、文芸社の沼田氏、編集担当の西村氏、ご尽力くださった文芸社の皆様。デザイン、印刷、製本に携わってくださった多くの方々と、本稿出演をご快諾くださった出演者の皆々様に、心から感謝を申し上げます。

二〇二四年九月　大倉　瑠璃子

著者プロフィール

大倉 瑠璃子（おおくら るりこ）

1958年、大阪生まれ
趣味 ダンス
好きなミュージシャン
NiziU、NEXZ、いきものがかり、米津玄師

カバーデザイン 株式会社ペン・ハウス
カバーイラスト osare

うんこ日記

2024年11月15日 初版第１刷発行

著 者 大倉 瑠璃子
発行者 瓜谷 綱延
発行所 株式会社文芸社
〒160-0022 東京都新宿区新宿1－10－1
電話 03-5369-3060（代表）
03-5369-2299（販売）

印刷所 株式会社フクイン

ISBN978-4-286-25792-1 JASRAC 出 2406065 － 401